おれは一万石

銘茶の行方

千野隆司

双葉文庫

目次

那珂湊
高浜
秋津河岸
霞ヶ浦
北浦
鹿島灘
利根川
小浮村
高岡藩
高岡藩陣屋
酒々井宿
飯貝根
銚子
外川
東金

↑白沢・柳林・阿久津河岸へ
久保田河岸
渡良瀬川
▲筑波山
古河
下妻藩
鯉川
小貝川
関宿
鬼怒川
粕壁
椚木村
牛久
野田
取手
柏
流山
三郷
木颪
川口
松戸
白井
江戸川
鎌ヶ谷
隅田川
萩原村
江戸城
行徳
印旛沼
日本橋行徳
新川
小名木川
↓市原郡へ

おもな登場人物

井上正紀……下総高岡藩井上家当主。
竹腰睦群……美濃今尾藩藩主。正紀の実兄。
山野辺蔵之助……北町奉行所高積見廻り与力で正紀の親友。
植村仁助……正紀の近習。今尾藩から高岡藩に移籍。
京……高岡藩先代藩主井上正国の娘。正紀の妻。
佐名木源三郎……高岡藩江戸家老。
佐名木源之助……佐名木の嫡男。正紀の近習。
井尻又十郎……高岡藩勘定頭。
青山太平……高岡藩廻漕河岸場奉行。
橋本利之助……高岡藩廻漕差配役。
松平定信……陸奥白河藩藩主。老中首座。
松平信明……三河吉田藩藩主。老中。老中首座定信の懐刀。
徳川宗睦……尾張徳川家当主。正紀の伯父。
井上正森……高岡藩先々代藩主。

おれは一万石
銘茶の行方

前章　公儀の触

一

白壁の向こうに広がる紅葉《もみじ》が、昼前の日差しを浴びて小さく揺れている。陽だまりにいると暖かいが、吹き抜ける風は晩秋を思わせた。

晴天で、折れ曲がった筋雲《すじぐも》が空の高いところに見えた。小鳥の囀《さえず》りが、どこか聞こえてくる。

寛政《かんせい》三年（一七九一）の九月末日のことである。

下総高岡《しもうさたかおか》藩一万石の藩主井上正紀《いのうえまさのり》は、江戸《えど》家老の佐名木源三郎《さなきげんざぶろう》と共に、虎御門《とらごもん》内にある遠江浜松《とおとうみはままつ》藩六万石井上家の上屋敷に赴《おもむ》いた。浜松藩井上家は本家で、高岡藩井上家はその分家となる。

分家はもう一家あって、それが常陸下妻《ひたちしもつま》藩一万石の井上家だった。井上一門三家は月に一度、本家浜松藩の上屋敷に集まって、各藩の動向の報告と本家からの様々な連絡や指図《さしず》を受けた。

どこかの家に問題が起これば助言をし、力を貸した。

話し合いをする広間で、正紀は先に来ていた下妻藩主正広《まさひろ》と会い挨拶《あいさつ》を交《か》わした。

正広は正紀よりも二つ下の二十歳《はたち》だが、藩主になったのは二年早かった。

正紀は美濃今尾《みのいまお》藩三万石竹腰《たけのこし》家の生まれで、高岡藩井上家に婿に入った。正広は婿ではなく、井上家の血筋だった。

江戸家老竹内平五郎《たけうちへいごろう》を同道していた。

「新米の刈り入れは、無事に済みましたかな」

「お陰様にて」

正広の問いかけに、正紀は返した。

この時季の話題は、まずこれだ。大名家にとって、稲の出来具合は一年の収入を左右する。

先月会ったときには、作柄は平年並みという話だったが、何があるか分からない。刈り入れ前に野分《のわき》に襲われれば、痛手は大きい。

また米価も気になるところだ。

「新田開発は、いかがですかな」

小藩である高岡藩と下妻藩の財政は、天明《てんめい》の飢饉《ききん》を経《へ》て逼迫《ひっぱく》をしていた。下妻藩では田を広げる余地があったので、正広はその開発に力を注いでいた。

「なかなかうまくいきませぬ」

初秋の長雨で、近くの鬼怒《きぬ》川の水量が増した。堤が一部破れて、開墾したばかりの田圃《たんぼ》は流されてしまったとか。正広は肩を落とした。

「難儀なことでしたな」

正紀は慰めた。

高岡藩では、地形の関係上新田開発は無理だと判断された。しかし利根《とね》川に隣接した土地であることを利用して、高岡河岸《かし》を活性化させることを考えた。利根川の水上輸送の中継地として利用させ、運上金《うんじょうきん》や冥加《みょうが》金を得られるようにしたのである。今では五つの納屋《なや》が河岸場《かしば》にあった。

この実入りは、年貢米以外から得られるものとして、大きな助けになった。そして高岡藩では、自ら下り物の塩や薄口醬油《うすくちしょうゆ》、〆粕《しめかす》や魚油《ぎょゆ》を仕入れ販売することで、財政の不足分を補ってきた。

「商人《あきんど》の真似をしおって」

冷ややかな目で見る向きもあったが、気にしてはいられなかった。お陰で藩士からの禄米の借り上げも、終わらせることができた。

「当家も新田開発だけでなく、高岡藩のように物資を仕入れて売ることも考えねばと思案しております」

前に会ったとき、正広は正紀に話したことがあった。その後どうなったか、訊こうと思っていた。

分家同士とはいっても、二人は幼馴染《おさななじみ》ではない。互いに部屋住《へやず》みだった頃、先の将軍家治《いえはる》公の御前試合で勝負をした。そのときは正広が僅差《きんさ》で勝って、以後付き合いを持つようになった。

そしてどちらも世子《せいし》だったときに、井上家の菩提寺《ぼだいじ》丸山浄心寺《まるやまじようしんじ》の本堂改築の折に力を合わせた。今では昵懇《じっこん》といっていい間柄になった。

正広の話の続きを聞こうとしていると、衣擦《きぬず》れの音が聞こえた。広間に浜松藩主井上正甫《まさもと》が姿を見せた。江戸家老の浦川文太夫《うらかわぶんだゆう》を伴っていた。正甫は十四歳で、まだ六万石の政《まつりごと》を担《にな》える者とはなっていなかった。

浦川が、幼君の後見役としての役目を担ってきた。藩の政は、おおむね浦川が先導をしていた。

そして共に入室してきたのは、浜松藩の中老繁松《しげまつ》昌左衛門《しょうざえもん》だった。三十八歳の浦川よりも五つ歳上、この二人が浜松藩江戸屋敷の重臣という立場だった。

さらにもう一人、正紀にとっては思いがけない人物の顔があった。三河吉田《みかわよしだ》藩七万石の当主松平信明《まつだいらのぶあきら》である。

老中職で、松平定信《さだのぶ》と共に幕政の中心をなす人物の一人だ。

信明は井上家の血縁の者ではない。とはいえ信明の正室暉《てる》は浜松藩先々代藩主正経《まさつね》の娘で、正甫の義理の叔父という立場となる。無縁の者とはいえなかった。

まれにこの場に顔を見せることがあった。浦川と近い関係だ。

上座の正甫を前に、一同が着座をした。井上一門が勢ぞろいした形だ。

下座のやや外れた場所には、祐筆《ゆうひつ》の浜松藩士日下部慎之助《くさかべしんのすけ》が着いた。三十代半ばの歳で、浦川の腹心である。

本家と分家の三家のうちで、当主が婿なのは正紀だけだ。正紀の実父勝起《かつおき》は尾張徳《おわりとく》川《がわ》家八代宗勝《むねかつ》の八男で、先代高岡藩主の正国《まさくに》はその弟で十男となる。どちらも尾張徳川家の出だから、正紀が藩主となった高岡藩は、尾張一門と見る向きが多くなった。

ただそれが面白くない浜松藩士や下妻藩士がいるのは確かだった。その筆頭が浦川である。

まず各藩の近況の報告を行った。

正紀は、嫡子清三郎《せいざぶろう》が生まれ順調に過ごしていることを伝えた。また誕生の折には、浜松本家や下妻藩、吉田藩からも祝いの品を受けたが、改めてその礼を口にした。

「健《すこ》やかに育っているならば、何よりである」

聞いた正甫が口にすると、他の者たちは大きく頷《うなず》いた。嫡子の誕生は、武家にとって重大事だ。

次に正広が口を開いた。

「当家では、遠州《えんしゅう》より銘茶緑苑《めいちゃりょくえん》を仕入れ、商人に売ることに相成《あいな》り申した」

緑苑は、しめて六百三十斤《きん》だそうな。初回としては、なかなかの量だ。

「仕入れと売り先が、決まったのですな」

「いかにも。高岡藩に倣《なら》いました」

正紀の問いに、正広が答えた。

「遠州茶となると、ご本家の国許《くにもと》からとなりましょうや」

「さよう。いろいろとお力添えをいただきました」

正広は、正甫に目を向けた。

「一門は、助け合わねばなるまい」

正甫が告げた。浦川が頷いている。その後で浦川が、正甫に代わって領内河川の修復工事を行った報告をした。浜松藩も物入りで、内証《ないしょう》は厳しいという話だった。

そして最後に、信明が口を開いた。姿を見せたときには、幕政についての報告がある。他藩よりも早く耳にすることができる。

「十月になると、すぐに新たな触《ふれ》が出申す」

老中首座松平定信によって出される触のことだ。どのような内容なのか、一同は顔を向けた。

「昨年は不作で、江戸の米は不足いたした。ゆえに米価は値上がりして、多くの町の者が困った」

「さようでございました」

浦川が返した。それは正紀も分かっている。信明が続けた。

「そこで米不足を補うために出されるのが、『大名家の家臣《かしん》の江戸扶持米《ふちまい》は、領国から廻送《かいそう》する』というものでござる」

「なるほど。妙案でございますな」

いかにも感服したといった口ぶりで、浦川が返した。信明はにこりともせず、当然といった顔で頷きを返した。

信明と定信は同じ政策をなす者として、極めて近い関係にあった。尾張一門や前田《まえだ》一門とは反する立場にいる。尾張藩主の宗睦《むねちか》は、囲米《かこいまい》にしろ棄捐《きえん》の令にしろ、定信の政策を評価していなかった。

「とはいえ、米はかさばりまするな」

と口にしたのは繁松だった。まったくだと正紀も思う。それだから藩士に俸禄として与える扶持米は、多くの大名家では江戸で調達した。その方が手間がかからない上に輸送の費《つい》えもなくなる。

ただ定信ら老中は、それが米不足に繋がっていると判断したのである。とはいえそれは、大名家にとっては負担になる。

「それで当家も、冬の扶持米の一部百四十俵を、浜松から船で送ることにいたし申した」

浦川は言った。触については、すでに信明から聞かされていたらしい。発送したのは国許の蔵奉行だが、すでに手配済みだという話だった。

「江戸での受け入れは、中老の繁松がいたす」

そう浦川が口にすると、繁松は軽く頭を下げた。

「これは初回だけでござる。『扶持米一粒は、藩士の血の一滴』といいますからな。大事を取って、繁松殿に受けていただく」

本来ならば、藩の重臣である中老の手を煩《わずら》わせる役目ではなかった。とはいえ対応としては、おかしいとは感じなかった。

打ち合わせの後、正紀と正広、繁松の三人は藩邸内別室で話をした。佐名木や竹内も同席している。

「銘茶緑苑は、来年以降も続けて仕入れられるのでござるな」

「いかにも。繁松の助言と尽力は大きかった」

正紀の言葉に、正広が返した。表情に繁松への感謝の色が表れている。

売買の詳細を聞いた。正広は遠州産の上物の茶『緑苑』を、江戸の茶問屋を経て鬼怒川流域で売る考えだ。

浜松の地元問屋から一斤を銀十六匁《もんめ》で六百三十斤仕入れた。支払いは百六十八両となる計算だ。この金は儲けて返すが、とりあえず立て替えたのは浜松藩だった。下妻藩に、それだけの余分な金子はないだろう。

「よく本家は、出しましたな」

繁松が力を貸したとしても、浦川が承知をしなければ実現しない話だ。

「浦川も、当家の窮状は存じているはずでござる」

とはいえ返済は、売上金が入ったならばすぐに返すという話し合いになっているとか。

「それを、いくらで売るのでござろうか」

「日本橋北鞘町《にほんばしきたさやちょう》の茶問屋福地屋《ふくち》に二十二匁で卸《おろ》しまする」

「さようか」

正紀は少しばかり驚いて、佐名木と顔を見合わせた。利益は六十三両になるわけで、羨《うらや》ましい話だ。継続的に仕入れられるならば、下妻藩としては貴重な実入りとなるだろう。

高岡藩は、猿島《さしま》茶（利根川流域猿島台地産）を高岡河岸で扱っているので仕入れられない。

「うまくいってほしいですな」

話を聞き終えた正紀はそう返した。

「輸送の方は、大丈夫でござるかな」

それがきちんとできなければ、信用を失う。となれば、次の仕入れはなくなる。

「扶持米百四十俵と茶六百三十斤を積んだ千石船は、浜松湊から十月になって出て、十日あたりには江戸に着くと聞いております」

それまで話を聞いているだけだった竹内が、口を開いた。

「早いですな」

と佐名木が返した。

品川《しながわ》沖に着いた千石船は、そこでご府内の川や掘割を専門に運ぶ船問屋の船に荷を移す。千石船は、ご府内の浅く狭い川や掘割には入れない。

米は深川六間堀《ふかがわろっけんぼり》の浜松藩中屋敷、茶は深川猿江《さるえ》の下妻藩下屋敷へ運び入れる。繁松が説明をした。

「信頼できる船問屋はござるか」

と正広に尋ねられた。できるだけ安いところがいいと付け足した。

「そうですな」

正紀の頭に浮かんだのは、濱口《はまぐち》屋分家の幸次郎《こうじろう》の荷船だった。濱口屋の本家は遠距離専用の船問屋で、大型船を使って江戸川から利根川流域にかけて荷を運ぶ大店《おおだな》として知られている。

正紀は四年前に廻米《かいまい》の触《ふれ》が出された折に、主人の幸右衛門《こうえもん》と知り合って昵懇となった。

分家は本家や他の船問屋が地方から江戸へ運んだ荷を、ご府内の川や掘割を使って届ける商いをしていた。商いを始めるにあたっては、正紀も力を貸した。今はそれなりに繁盛している。

米百四十俵と茶六百三十斤では、大きな商いとはいえない。しかし濱口屋分家にしてみれば、浜松藩と下妻藩の御用を受けたことになる。これは大きかった。

正紀は幸次郎の名を挙げた。大店の分家であるだけでなく、大奥御年寄滝川《おとしよりたきがわ》の拝領町屋敷を使っていることなども伝えた。

「正紀殿がそう仰《おお》せならば」

正広が応じ、繁松が頷いた。

浜松藩上屋敷を出た後で、正紀は供の近習《きんじゅう》佐名木源之助《げんのすけ》と植村仁助《うえむらにすけ》を連れて、芝《しば》二葉《ふたば》町の濱口屋分家に足を向けた。源之助は江戸家老佐名木源三郎の嫡男で、植村は正紀が井上家に婿に入るにあたって、実家の竹腰家から伴ってきた家臣だった。

濱口屋分家が店を構える二葉町は、汐留《しおどめ》川の南河岸にある。

船着場には荷船が停まって、これから出かけてゆくところだった。威勢のいい船頭が何か叫びながら、水主《かこ》たちに指図をしていた。

正紀は店にいた幸次郎に、来意を伝えた。

「喜んで」

幸次郎は、日焼けした顔をほころばせて言った。三十石積みの荷船二艘の仕事だ。今後正広や繁松などへの細かい打ち合わせは、植村に任せることにした。

「ははっ。かしこまりました」

植村は数日前に、佐名木の古い剣友である家禄二百俵の大御番頭《おおごばんがしら》与力、栗原喜左衛門《くりはらきざえもん》の娘喜世《きよ》と祝言《しゅうげん》を挙げて、今は高岡藩上屋敷内の御長屋で暮らしている。近頃は身に着けるものが、何やら垢抜けてきた。

二

十月も、八日になった。朝夕は、いく分冷え込んできた。庭の樹木が、だいぶ色づいている。

昼四つ（午前十時）頃、正紀のもとへ浜松藩士の大倉文吉《おおくらぶんきち》と下妻藩士の角間銀助《かくまぎんすけ》が訪ねてきた。二人はそれぞれ繁松と正広の腹心だ。角間は、銘茶緑苑の仕入れには力を尽くしたと聞いている。幸次郎も、同道していた。

浜松湊からの千石船が、明日の九つ（正午）頃には品川沖へ着くと伝えられた。その段取りの報告にやって来たのである。

正紀と佐名木は、担当の植村と源之助を呼んで、共に明日の輸送の詳細を聞いた。

「私どもで、米と茶を運べる二艘の船を用意いたします」

幸次郎が言った。一艘にはすべて米、二艘目には米と茶を載せる。

船上での荷の積み替えの後、米の船には大倉が、米と茶の船には角間が乗り、大川《おおかわ》から小名木《おなぎ》川に入る。浜松藩の扶持米から下ろす段取りだ。

「荷下ろしはどうする」

米は茶よりもかさばって重い。

「荷下ろしはそれぞれの藩の者が行います」

大倉が答えた。人足《にんそく》を雇えば、それだけ費えがかかる。

「当家ではその後、卸先《おろしさき》の福地屋に荷を引き渡します」

期日は十月末日となっていると、角間は言った。

「濱口屋分家に橋渡しをしたのは当家ゆえ、品川沖の引き取りから荷下ろしまで、誰か荷船に同道をさせよう」

正紀が言った。大事があるとは思えないが、念を入れたのである。

「ならばそれがしが」

と名乗り出たのは、植村だった。喜世を娶《めと》ってから、気迫だけでなく、仕事も念入りになって落ち着きも出てきた。

「ではそういたそう」

源之助も行きたそうだったが、藩内には他の用事もあった。たいへんな仕事になるとは思えない。

植村はその後も、正紀の近習として外出の用をこなした。

藩主としての役務が済んだ夕暮れどき、正紀は正室の京《きょう》の部屋へ行く。京は先代藩主の正国と正室和《かず》の間に生まれた唯一の姫だった。正紀よりも二つ歳上で、当初は高飛車な物言いをするのが腹立たしかったが、今は気にならなくなった。

正紀と京の間には孝《こう》姫がいたが、先月待望の男児が生まれ、清三郎と名付けた。高岡藩井上家は二代にわたって婿を迎える状態だったので、親族や藩士、領民たちは喜んだ。

一門の本家浜松藩井上家からは、金百両と白絹五十反が贈られた。浜松藩も財政は厳しいが、嫡子の誕生を祝ったのである。

下妻藩からも金三十両と木綿百反が届いた。正広にしてみれば、精いっぱい奮発したはずだと正紀は受け取った。商いとして緑苑を仕入れなくてはならない、折も折である。

そして正紀の伯父に当たる宗睦からは、金三百両と白絹百反が贈られてきた。

「さすがは御三家筆頭、これはありがたいことで」

勘定頭《かんじょうがしら》の井尻又十郎《いじりまたじゅうろう》は、相好《そうごう》を崩した。

兄の今尾藩主睦群《むつむら》は、金百両と白絹五十反を贈ってきた。本家浜松藩と同じ額だった。日頃は吝《しわ》い兄だが、奮発したことになる。

睦群は、尾張藩の付家老《つけがろう》を務めていた。

美濃高須《みのたかす》藩松平家や日向延岡《ひゅうがのべおか》藩内藤《ないとう》家などといった尾張一門の大名家や旗本家からも、祝いの金品が届いた。また出入りの商家や国許の各村からも、金穀《きんこく》が運ばれた。百姓たちは厳しい暮らしの中から、米や麦を出したのである。

「嫡子の誕生を祝ってくださったわけですね」

京は、どこか冷めた口調で言った。

生まれる赤子が男か女かは、「おぎゃあ」と産声《うぶごえ》を上げるまで分からない。親族や家臣一同は、跡取りの誕生を願った。その思いは、京の心を圧《お》していた。京は流産の経験もあった。

「生まれた赤子が男児であったのはめでたいが、もしましても女子《おなご》だったらどうなのか」

その思いは、京の胸の内では大きいはずだった。

「ととさま」

正紀が部屋に入ると、孝姫が両手を広げて抱きついてきた。足取りはしっかりしている。

「おう、よしよし」

正紀は両手を腋《わき》の下に入れて、高く抱き上げてやる。ふわっと軽い孝姫の体は、そのままどこかへ飛んで行ってしまいそうだ。

「高い、高い」

体を差し上げたまま、部屋の中を動く。孝姫はけたけたと笑い声を上げて喜ぶ。

「高い、高い」は大好きだ。

清三郎が生まれて、孝姫は前よりも甘ったれになった。京の気持ちが、生まれたばかりの赤子に向く。孝姫はそれを察し、母親を清三郎に取られたような気になるらしい。

「もっと、もっと」

正紀は孝姫の願いを叶えてやる。

幼子《おさなご》たちが寝付いた後、正紀は扶持米と銘茶の輸送の話をした。

「正広さまも、これで肩の荷が下りることでございましょう」

聞いた京は言った。それで忘れられてゆくはずの話題だった。

翌日は、多少の風があったが曇天となった。空一面に、鼠色《ねずみいろ》の雲が広がっている。降りそうだが、なかなか降らない。

「しっかりお務めくださいませ」

屋敷内で御長屋住まいの植村は、新妻《にいづま》の喜世に見送られた。

「何、たいしたお役目ではない。じきに戻るであろう」

植村は返した。

正紀と佐名木に挨拶をして屋敷を出た。半日で済む用事だと考えている。

まず向かったのは芝二葉町の濱口屋分家だった。ほぼ同じ頃には、大倉と角間が顔を見せていた。

「よろしく、お願いいたす」

大倉と角間は、藩では初めての役目なので緊張している。植村は、薄口醤油や下り塩などの輸送に関わっているので慣れていた。

ただ九つ（正午）頃に着くはずの千石船は、到着が遅れていた。待っている者たちは、曇天の空を見上げた。

船の到着があり次第、濱口屋分家に知らせが入ることになっていた。

到着の知らせがあったのは、八つ（午後二時）過ぎだった。

「では参ろう」

二艘の荷船の他に、浜松藩と下妻藩が雇った十人の荷運び人足を乗せた船も同道した。人足は、荷運びが済み次第、引き上げさせる。

品川沖で、帆を下ろした千石船が待っていた。こちらの荷船から船首を見上げると、聳《そび》え立っているように見える。

米と茶だけでなく、他の荷も積んでいた。

風は多少強くなっていたので船は揺れたが、荷運びは何事もないままに完了した。

「では、参りまする」

まず大倉が乗る米を積んだ船が出て、続いて植村と角間が乗る船が大川へ向けて漕ぎ出された。

雨は降りそうで降らないが、だいぶ薄暗くなっていた。陸《おか》の人家が、おぼろげに見えるばかりだ。右手には、佃島《つくだじま》の鄙《ひな》びた漁師の家々が薄闇に霞《かす》んでいる。

大川に入る頃には、七つ（午後四時）をとうに過ぎていた。すでに川面《かわも》の闇はだいぶ濃くなっている。それでもまだ、川面には他に荷船があった。

大川に入ると、揺れがいく分収まった。永代《えいたい》橋を過ぎたところで、二艘の船が寄ってきた。

それぞれに、たっつけ袴《ばかま》に覆面姿の四人の侍が乗っている。

「な、何だ」

艪《ろ》を漕ぐ船頭が、声を上げた。

がしんと、船首に何かが激しくぶつかる気配があって、船体が大きく揺れた。現れた二艘の船が、ぶつかってきたのである。

すぐに、顔に布を巻いた侍が三人乗り込んできた。すでに刀を抜いていた。

「何やつだ」

叫んだ角間も、刀を抜いた。

米だけを積んだ大倉の船に目をやると、そこにも賊の船が押しかけていた。刀を抜いた侍数名が乗り込んでいる。

植村も、刀を抜いた。膂力《りょりょく》には自信があったが、刀は使えない。しかしそれを言っている暇はなかった。

角間が、刀を抜いた侍とやり合っている。

他の侍が植村に迫り、一撃が襲ってきた。船底にあった竿で、それを払った。

ただ荷を積んだ狭い場所での、争いになっている。竿は使いにくかった。突くにあたっては都合がいいが、撥《は》ね上げられると次の動きに移るのには手間がかかった。

「うわあっ」

叫び声と共に、人が水に落とされる気配があった。船頭だと思われた。荒くれ者とはいっても、刀を抜いた侍にはかなわない。

さらにもう一人、川に落とされた。

「くたばれっ」

覆面の侍が、新たな一撃を植村に振るってきた。これも竿で撥ね上げた。動きが大きくなって、体がぐらついた。必死で足を踏ん張った。

「ううっ」

呻《うめ》き声が聞こえた。角間が足を斬られたのだと分かった。船端《ふなばた》から、刀を握ったまま川面に落ちたのが目の端に入った。

同時に、植村のもとに次の一撃が襲ってきた。体勢は、まだ整えられていない。竿を振るって迫る切っ先を払おうとしたが、うまくいかなかった。勢いだけがついていて、前のめりになった体が船端にぶつかった。

「ああ」

瞬間、体が宙に浮いたのが分かった。あっという間に、体が水面《みなも》に叩きつけられていた。植村は泳げない。

「うわっ」

両手をばたつかせたが、大量の水を呑んだ。

自分では、どうすることもできなかった。溺死《できし》を覚悟したが、このまま死ぬのは無念だった。

どれほどじたばたしていたか。いきなり何かに、腕を掴まれた。強い力で引かれた。様子を見ていた、通りがかりの荷船の船頭と水主らしい。二人で、船上に引き上げてくれた。

「ううっ」

水を呑んでいたが、怪我はしていなかった。げえげえと水を吐き出した。

二艘の荷船のことが気になった。

「襲われた二艘の荷船は、どうなったか」

植村は、助けてくれた船頭に尋ねた。

「襲われた船に乗っていた者は皆、落とされたようです」

助けてくれた船頭は言った。

「船は、船の荷はどうなったのか」

植村は、声の限りに言った。

「荷船は、そのまま川上に行きました。闇に阻《はば》まれて、もう何も見えねえ」

船頭に返された。

二艘の荷船に乗っていた者たちは、船頭二名も含めて五人が落とされた。船頭は当て身を喰らわされていたが、どうにか泳いで岸に辿り着いた。しかし他の荷船に引き上げられた大倉はすでに斬り殺されていて、息はなかった。

同じく斬られた角間は重傷だった。すぐに近くの医者のもとへ運ばれた。

第一章　消えた荷

一

正紀のもとへ、二艘の船が襲撃されたとの報が入ったのは、暮れ六つ（午後六時）の鐘が鳴ってしばらくしてからだ。

植村が戻ってこない。正紀は気にしていたところだった。幸次郎の店の小僧が、屋敷へ駆け込んできた。

「何事か」

正紀が直々《じきじき》に、襲撃に関する大まかな話を聞いた。

襲撃を受けた者たちは、深川佐賀《さが》町の河岸場にある納屋に移されているという。医者が手当てに当たっていると聞いた。荷を積んだ船は、奪われたままだ。

早速正紀は、源之助と廻漕河岸場方《かいそうかしばかた》の橋本利之助《はしもとりのすけ》を伴って佐賀町へ向かった。

納屋の前には、篝火《かがりび》が焚《た》かれていた。正紀が建物の中に入ると、植村が駆け寄ってきた。体がびっしょりと濡れている。

「取り返しのつかぬこととなりました」

小屋の中で両手をついて正紀に詫びた。荷を船ごと奪われただけでなく、大倉を死なせ角間は生死の縁《ふち》にいる。そして自分は無傷だった。

植村は自分を責めていた。

「落ち着け」

まずは襲われた折の詳細を話させた。

「すると賊は、二艘の船で、こちらの荷船をそれと承知で襲ってきたわけだな」

聞き終えた正紀は確かめた。

「そうとしか考えられません」

正紀の問いに植村は返した。

「ならば積んであった荷が、目当てというわけですね」

源之助が念を押した。奪われた船の動きは素早かった。それは見ていた他の者が証言をした。

「襲ってきた四人ずつの侍の身なりは、どうであったか」

二艘の小舟それぞれに、覆面の侍四人が乗っていた。これも川に落とされた船頭の証言で一致している。

「浪人のものではなかったと存じます」

植村は答えた。船の船頭たちも、同じ答えだったが断定はできない。

とはいえいきなり襲われて、船頭らは混乱していた。顔を布で覆っていたので、輸送を知っての者の犯行だとしても、何者かの判断はできなかった。

「奪われた荷船は川上に向かったようだが、行った先の見当はつかぬな」

正紀は言った。腹立たしい出来事だった。

そこへ知らせを受けた正広と繁松が姿を見せた。正紀は、今分かっていることを伝えた。

「さようでございまするか」

大倉を殺された繁松は、無念の表情をした。握りしめた拳が震えている。驚きの中に怒りがあった。さらに扶持米百四十俵も奪われていた。輸送の担当者として、このままでは藩に対して面目《めんぼく》が立たない。

荷船の行方を気にした。事が起こってだいぶときが経っている。闇の中では、追いかけることもできなかった。

「とんでもないことに」

正広も、沈痛な面持《おもも》ちだ。腹心角間の命が、風前の灯火《ともしび》となっている。枕元に座り込んで、じっと蒼白になった顔を見つめていた。時折、蒼《あお》ざめた頬に手を触れさせた。

角間の命が危ないだけではない。初めて仕入れた『緑苑』六百三十斤が奪われた。これから売買の一歩を踏み出したばかりのところだった。

藩にとっては大きな痛手だ。

「荷が目当てだとして、どうして輸送のことを知ったのでござろうか」

「いかにも、藩内でも誰もが存じていることではござらぬ」

正広の言葉に、繁松が続けた。まず浮かんだ疑問だ。それは他の者も感じている。

「合わせて八名が襲った。指図をした者が、いるのでしょうな」

と正紀。ただそれが何者かの見当はつかない。事情を知る者だろうと、見当をつけるだけだ。

「思い当たる者がおりますか」

さらに尋ねると、正広と繁松は顔を見合わせた。どちらも目や顔に、困惑の色が浮かんでいる。

繁松も正広も、藩内に事情を抱えていた。敵対する勢力があった。浜松藩には、正甫の後見役として藩政を牛耳《ぎゅうじ》る浦川がいた。浦川家は繁松家と共に藩内では名家だが、江戸家老という地位を利用した不正の噂《うわさ》があった。出入りの商人から、袖の下を得ているというものだが確証はない。

浜松藩先々代藩主正経の四男で、下妻藩先代藩主だった正棠《まさき》に近い。己に都合のいい藩政をなそうとするが、これに意見をできるのが、中老の繁松だった。浦川にとって耳に痛いことでも口にする。

若い正甫を後ろ盾にして藩政の中心にいる浦川だが、繁松を無視して政《まつりごと》を進めることはできない。繁松は浦川の専横《せんおう》を防ぐ役割を果たしていた。

分家の高岡藩が、尾張一門としての色を濃くするのを不快に思っている一派がある。その旗頭《はたがしら》となっているのが浦川で、今は隠居し国許で蟄居《ちっきょ》をしている正棠がその背中を押していた。

繁松は、高岡藩が尾張一門として藩政をなすことに不満を持ってはいなかった。井上一門として、御三家筆頭の尾張徳川家と繋がることには、利があると考えている人物だった。

したがって浦川と繁松は、浜松藩内では対立する関係にあるといってよかった。今回、輸送の扶持米と銘茶を奪われたことについて、正紀が奪った者に覚えはないかと問いかけて、正広と繁松が困惑の様子を見せたのには、以上のような背景が藩内にあるからだ。

正広と正棠は実の親子だが、関係はうまくいっていない。

とはいえそこまでやるか、という話でもあった。繁松を扶持米輸送の責任者として命じたのは浦川だが、公儀の触《ふれ》を受けた初輸送であると思えば、任命したことに無理はない。

藩士の扶持米であり、藩財政の逼迫を補うための茶の販売である。敵対勢力にとっても、利のあることだった。

「このようなことをなすとは、思えませぬが」

正広の言葉に、繁松が頷いた。正紀にしても、それ以上のことは口にしない。

さらに、植村や角間、大倉を川から引き上げた船頭や濱口屋分家の船頭からも状況を聞いた。

「いきなり現れて、船首をぶつけたので驚きました」

植村を助けた船頭だ。引き上げてくれた礼を述べた上での、正紀の問いかけだ。

油壺《あぶらつぼ》の荷を届けた帰りだったとか。襲撃はあれよあれよという間に終わって、乗船していた者を水面に落とすと川上へ去っていった。溺れる植村を、夢中で引き上げた。

大倉の遺体も引き上げて、佐賀町河岸へ運んだ。

角間を引き上げたのは、通りかかった他の荷船の船頭だった。この船も、荷を運び終えた空船だった。

「襲った者たちには、迷う気配はなかったのだな」

「へえ」

植村の証言と重なる。逃げて行った方向も同じことを口にした。ただその先は分からないままだ。

「明日になったら、奪われた荷を捜し出します」

「いかにも。ただ奪われたでは、済まぬ話でござる」

繁松に続いて正広が言った。繁松は眦《まなじり》を決している。正広は当主だが、繁松は中老でも家臣という身分だ。藩士の扶持米輸送の不始末だから、責めは厳しいだろう。捜し出せなければ、切腹もある。反浦川派だから、ただでは済まない。

正広にしても、藩主として先頭に立って行った事業が、頓挫《とんざ》したことになる。藩主としての威信を失うことになるだろう。

また藩として品を受け取った以上、代金は支払わなくてはならない。本家から借りての支払いと聞いているが、とんでもない大金だ。

「当家も、調べに加わりましょう」

正紀は告げた。濱口屋分家のせいではないが、仲介した以上、輸送に関わっていた。植村も同乗していたのである。

そしてしばらくして、角間も手当ての甲斐《かい》なく命を失った。

「うっ」

正広は呻き声を漏らした。

二人の遺体は、その日のうちにそれぞれの藩邸に運ばれた。

正紀と正広、繁松は互いに腹心の家臣を出して、凶行についての探索に当たらせることにした。藩の出来事なので、公《おおやけ》にはしたくない。

町奉行所へは依頼をしなかった。

ただ茶を仕入れる福地屋の主人四郎兵衛《しろべえ》と、番頭次作《じさく》にだけは伝えた。荷は取り返す覚悟だが、納品は遅れる。

二

翌日、正紀に命じられた源之助は植村と共に、船ごと扶持米と茶を奪われた件の探索のため、深川佐賀町河岸へ出向いた。南に目をやると、永代橋が聳《そび》えている。その向こうに広がるのが江戸の海だ。

白い海鳥が、群れて飛んでいる。同じ場所でも、昨夜とは異なる景色だ。

植村は荷船を奪われた立場だから、御長屋に蟄居という話も出た。浜松藩と下妻藩では、死人を出している。

同じ船にいたのだから、無縁とはいえない。

しかし植村のたっての願いから、正紀は探索に加わることを許した。

「喜世はそれがしの無事を安堵《あんど》したが、他藩の者が亡くなったことは嘆《なげ》いていた。それがしもだ」

植村が呟《つぶや》いた。無念と怒りがこもっている。

「扶持米と知って奪ったとすれば、なおさら許せぬやつらです」

もちろん源之助にも、怒りがあった。大川を吹き抜ける風を、冷たいとは感じない。

扶持米は、藩士の暮らしの基《もと》となるものだ。すべての者が心待ちにしていた。

船着場で、繁松家の家士《かし》末野又助《すえのまたすけ》と他一名、下妻藩の飯山三郎太《いいやまさぶろうた》他一名の四人と落ち合った。末野は二十四歳で陪臣だが、繁松家譜代の者だから浜松藩井上家は主家だと思っているらしかった。

飯山は三十一歳で、正広の腹心だ。亡くなった角間とは、同役として緑苑の仕入れと売り方に力を合わせてきた。

それぞれ仲間が殺されたことに、強い憤《いきどお》りを感じている。賊を捕らえ、奪われた品を奪い返すぞという決意が面《おもて》に出ていた。

三家の者は手分けして、大川の両岸で昨日の襲撃を目撃した者がいないか聞き込みをする。源之助と植村は、大川の東河岸仙台堀《せんだいぼり》よりも上流を当たることにした。

「襲った者たちの船は、どこかで潜《ひそ》んでいたのでござろうゆえ、そのあたりも聞き込まねばなるまい」

「奪った荷を、どこへ運んだかでござるな」

末野と飯山の言葉に、源之助と植村は頷いた。

昼八つ（午後二時）になったところで、再び集まって、聞き込みの成果を伝え合うことにした。それによって、六人の動きを変える。

源之助は植村と共に、大川の仙台堀から上流へ行って聞き込みを始めた。まずは、奪われた荷船の行方だ。

「濱口屋の荷船には、船尾に屋号が記されていますね」

「ええ。それは捜す手掛かりになります」

二人とも、濱口屋の荷船は何度も目にしている。船着場の船頭や荷運び人足などに問いかけた。

「米俵を積んだ荷船なんて、珍しくもありませんからねえ」

昨日のこととはいえ、曇天で夕暮れどきといっていい刻限だった。よほど注意して見ていないと、荷船が通ったことさえ分からない。

「通ったかもしれないが、気がつかなかったですねえ」

奪われた二艘の船を目撃した者には、なかなか出会えなかった。賊が潜んでいた場所は、永代橋付近ではないかと推測できるから、それについても尋ねた。

「四、五人の侍がたむろしていたならば、目につきますよ」

気がついた者はいなかった。

「一人ずつ、どこかに潜んでいたら、分かりにくいでしょうね」

「もっと上流から来たのかもしれません」

植村の言葉に源之助が続けた。

「米と茶と知っていたのなら、やはり浜松藩か下妻藩の者となりそうです」

「浪人者には伝わらぬ話でしょうからな」

全員がたっつけ袴というのも、烏合《うごう》の衆とは思えない。

「動きも無駄がなく、勝手なことをする者はいなかったような」

思い出す顔で、植村は言った。

さらに問いかけを続けてゆく。昨日は河岸の道や船着場へは出なかったと返す者も少なくない。

「そういえば夕暮れどきに、二艘の荷船が川上へ向かってゆくのを見たような」

仙台藩邸の北側清住《きよすみ》町で、ようやくそう言った者と出会えた。

「どちらにも、四人の侍が乗っていたわけだな」

「そうです」

とはいえ、顔に布を巻いた者たちではなかった。

「おそらく、それでしょうな」

「奪った後なら、顔の布はすぐに外します」

源之助の言葉に植村が頷いた。

「荷船は、米と茶を下ろしたならば用なしになりますね」

「いかにも」

「その後、どこかに乗り捨てたのではないでしょうか」

二艘の空船についても、問いかけをした。しかし新たな目撃証言もないまま、小名木川の河口まで来てしまった。

「ここを入ると、浜松藩や下妻藩の屋敷があるわけですね」

源之助が、万年《まんねん》橋の向こうにある川筋に目をやりながら言った。

「さすがに、ここには入らないでしょう」

「藩士たちが、荷を待っているわけですからね」

さらに二人は両国《りょうごく》橋の近くまで行った。確かな証言は得られない。

「このあたりに来る頃には、だいぶ暗くなっていたはずです」

植村が言った。目撃者を得るのは、難しいと思われた。源之助と植村は、佐賀町河岸へ戻った。

佐賀町河岸で、源之助を始めとする六人が顔を合わせた。

「いかがでござったか」

飯山が問いかけてきた。源之助が、聞き込んだことを話した。

「四人ずつの侍が乗った荷船を、見た者がいたわけですね」

末野が返した。動きを知る上での手掛かりといっていいだろう。

大川の西河岸へ行った末野は、何の手掛かりも得られなかったとがっかりした口調で続けた。

「いや、そうではないでしょう」

「さよう。賊たちは、そちらには行かなかったことがはっきりしたことになります」

源之助と植村が返した。慰めたわけではなかった。

飯山は、永代河岸のあたりに、深編笠を被ったたっつけ袴の侍が七、八人たむろしているのを目撃した者を捜し出していた。目にした刻限からして、犯行前のことだ。

「四人ずつ、集まったようでござる」

「そこまでは、どうやって来たのでしょうか」

植村が問いかけた。

「周辺で見た者はいなかったので、舟で来たものと思われまする」

と飯山は答えた。ただ目撃者は、集まるまでの様子を見ていたわけではなかった。

小舟のことも、分かっていなかった。

ともあれ待機していたことは分かったが、襲撃した者の特定には繋がらなかった。末野と飯山らは、さらに聞き込みを続けると言った。

源之助は植村に話した。

「まずは奪われた濱口屋分家の船を捜しましょう」

荷を下ろした後は、乗り捨てているはずだ。

「そこから、何か出てくるでしょうからね」

とはいえ江戸は広い。六人が総がかりになっても捜すのは難しそうだ。

「山野辺《やまのべ》様の力を借りてはいかがでしょうか」

「それができればありがたいが」

と話し合った。山野辺蔵之助《くらのすけ》は北町奉行所の高積《たかづみ》見廻り与力だ。ただそのためには、正紀の許しを得なくてはならない。いったん、藩邸に戻ることにした。

三

「なるほど、そうだな」

正紀も、濱口屋分家の荷船を捜すのは山野辺に頼むのが手っ取り早いと考えた。町奉行所に頼むのは避けたいが、山野辺に与力としてではなく友人として頼むのならば問題ないはずだった。

山野辺と正紀は、幼い頃から神道無念流《しんとうむねん》の戸賀崎《とがさき》道場で共に剣の腕を磨いた。幼馴染であり剣友である。今でも立場や身分を越えて、親しい付き合いをしていた。清三郎が生まれたときも、山野辺はすぐに祝いの品を携《たずさ》えて屋敷を訪ねて来てくれた。

「では参ろう」

頼むならば、家臣に任せるわけにはいかない。正紀は源之助と植村を伴って、北町奉行所へ山野辺を訪ねた。

「赤子は、達者か」

「うむ。赤猿《あかざる》から、段々と人らしくなってきた」

こんな言い方ができるのは、相手が山野辺だからだ。京と清三郎の近況を伝えた後で、米と茶の強奪事件について詳細を伝えた。

「そのような出来事があったのか」

山野辺は事件を知らなかった。江戸の町中に広まっていないのは、幸いだった。二艘の荷船を捜す依頼をした。

「町年寄に話し、各町名主に伝わるようにしよう」

山野辺は気軽に応じてくれた。大名家の事件ではなく、船問屋が荷船を奪われた形にしてもらえる。

「大名家の事件では、町奉行所は関われぬからな」

「助かるぞ」

「とはいえその一件は、大名家中の面倒な事情があってのことだろうな」

「そうかもしれぬが、確証がないうちに口にすれば、厄介《やっかい》なことになる」

頭の痛いところだ。浜松藩と下妻藩の名だけは挙げておいた。浦川や正棠のことが頭にあるが、まるで違う背景があるのかもしれなかった。

「その奪った米と茶だが、いずれはどこかで金に換えるのだろう」

告げられて、正紀はなるほどと思った。

「金子に換えなければ、奪った意味はないだろう」

「米に色はないが、茶はそれなりの者がにおいを嗅《か》げば、産地が分かるのではないか」

「うむ」

「だとすれば、遠州産の上物の茶緑苑を仕入れた者は、分かるのではないか」

「それを捜してみるということだな」

山野辺の言葉は参考になった。

町奉行所を出た頃には、すっかり薄暗くなっていた。町明かりが灯《と》もっている。仕事を終えた職人や行商人が、足早に通り過ぎてゆく。

「下妻藩では、北鞘町の福地屋へ卸すとのことでした。奪った者は、まさかそこへは売らないでしょうね」

「それはそうだろう。他の茶問屋なら、仕入れるところはあるのではないか」

「江戸には、たくさんの茶問屋があります」

源之助はため息を吐《つ》いた。一つ一つ当たるのはたいへんだと言っていた。歩く先には、どこまでも町家が続いている。

「いや。片っ端から、当たってまいりまする」

と返したのは植村だった。奪われたことについては、己にも責があると考えているようだ。すでに大倉と角間はこの世にないから、自分を責める気持ちはなおさら強いらしかった。

「しかし奪ってすぐ売りに出すことは、ないのではないか」

正紀の意見だ。

「そうですね。どこから仕入れたのかという話になりますね」

源之助が返事をした。

「北鞘町の福地屋は、すぐ近くでございます。様子を見てみましょう」

そう告げたのは植村だ。

「うむ。そうしよう」

たいした寄り道にはならない。北鞘町は日本橋川の西の端で、城の堀にも面している。正紀と源之助、植村の三人は、日本橋川に架かる一石《いちこく》橋の袂に立った。

「あれですね」

川の北河岸に並ぶ商家の一軒を、源之助が指さした。間口六間（約十一メートル）の店舗で、その建物の重厚さは、他の大店老舗《しにせ》に劣らない。

すでに店の明かりが灯っていて、小僧が店の戸を閉めようとしていた。

正紀ら三人は、店の中を覗いた。店の奥で四十歳前後と三十歳をやや過ぎたあたりとおぼしい羽織姿の男が話をしていた。

戸を閉めている小僧に、源之助が確かめた。

「奥の年嵩《としかさ》の方が主人四郎兵衛で、相手が番頭の次作だな」

「さようで」

顔を確認した。四郎兵衛は、なかなかに恰幅《かっぷく》のいい男だ。次作は小柄だが、すばしこそうに見えた。どちらもやり手の商人といった顔つきだった。

そして正紀はさらに小僧に問いかけた。

「この店は、主に遠州産の茶を扱っているわけだな」

「さようです」

「緑苑という茶も扱っているな」

「はい。上物でございます」

「その茶は、他でも扱っているのか」

「たぶん、そうだと思います」

少し考えてから答えた。

「どこの店か」

「ええと」

他の店でも商われているらしいが、具体的な屋号は挙げられなかった。そこで手代が出てくるのを待って問いかけた。

「緑苑を商っている店はあると存じます。ただ多くは商えないでしょう」

「なぜか」

「大量には作られていませんので」

商う店の具体的な屋号は聞けなかった。ただ遠州産の茶を商っているところならば、丹念に訊いていけば、分かりそうな気がした。

「奪った者から、新たに買い入れるかもしれませんね」

盗品だと知らなければ、買い入れる商家は少なくないだろう。

「そうなれば、売った者を手繰《たぐ》っていけるぞ」

緑苑は、襲った者を捜す手掛かりになりそうだった。

四

同じ日の朝、繁松は藩主正甫の御座所へ赴いた。呼び出しを受けたのである。

その場には家老の浦川も顔を見せていた。

昨日の扶持米百四十俵が奪われ、藩士大倉が命を失った件については、昨夜のうちに浦川に大まかな報告はしていた。下妻藩の遠州茶が奪われたことと角間の死についてもだ。

しかし藩主の正甫に、正式に伝えてはいなかった。そこで昨夜のうちに明らかになった事件の詳細を話した。

担当をした案件である。繁松は緊張し、ときに声が掠れた。こういうことは珍しい。思いがけない出来事で、昨夜はなかなか寝付けなかった。

「とんでもないことに、なった」

正甫は、気持ちを面《おもて》に出さずに言った。責めるようなことは口にしなかった。まだ十四歳とはいえ、繁松が藩の重臣であることを踏まえての発言だと察せられた。

「扶持米一粒は、藩士の血の一滴という。分かっておろう」

浦川の方が、遠慮はなかった。この言葉は、身に染みた。

「まことに」

返す言葉がなかった。予期せぬ襲撃とはいえ、輸送の責任者である以上、言い訳は利かない。

この一件は、すでに家中に広まっていた。藩士たちは、直《じか》に非難の言葉を向けるわけではなかったが、向けてくる眼差しが昨日までとは違っていた。

「必ずや奪った者らを捕らえ、扶持米を奪い返しまする」

繁松は正甫に向けて両手をつき、深く頭を下げた。すでに末野他が、下妻藩や高岡藩の者と共に探索に当たっていることを付け足した。

「当然でござる。どれほど遅くなったとしても、今月中には取り返してもらわなくてはなるまい」

「はっ」

浦川は、期限を切って解決を迫ってきたのである。

「他のものとは違う。家中の扶持米であるゆえな。支給が遅れれば、困る者も出よう」

浦川の口調は、冷ややかだ。これを言われたら、返す言葉がない。向けてくる眼差しは、挑戦的だとも感じた。

さらに浦川は続けた。

「取り返せぬ場合には、それなりの覚悟をいたさねばならぬであろう」

「…………」

場合によっては切腹、よくても中老職は召し上げられ隠居という流れになると考えられた。繁松家は浜松藩内では名門だが、それで許される話ではなかった。

正甫はやり取りを見つめているだけで、何も言わない。となれば、浦川の言葉を認めているということになる。

正甫が藩主になったのは今から五年前、天明六年（一七八六）のことだ。当時はまだ九歳の幼君だった。先の江戸家老建部陣内《たてべじんない》や今の浦川文太夫に支えられながら、ここまでやってきた。

藩政について己の考えを持てるまではいかず、建部や浦川の言葉を受け入れるしかない状態だったといっていい。そして失脚した建部にしろ、今の浦川にしろ、幼君であるのをいいことに、己に都合がいいように藩政を動かそうという姿勢が見られた。

浦川は五つ歳下だが、なかなかの切れ者だ。出世も早く、いつの間にか繁松を追い越して江戸家老の地位に就いた。

正甫は当主とはなっても、まだ将軍家斉《いえなり》公への拝謁《はいえつ》を済ましておらず、任官もしていなかった。したがって、お国入りもしていない。常に江戸にいるから、浦川が傍《そば》にいて、当主の補佐として藩政を動かしていた。

「よきにはからえ」

としか正甫は言えない。繁松は中老として、その専横を防ぐためにここまで尽力してきた。その気持ちの根には、幼君正甫を支えるという思いがあった。

「浦川に勝手な真似はさせぬ」

という決意でもある。浦川にしてみれば、厄介な相手に違いないだろう。

したがって藩内は、浦川に従う者たちと繁松に従う者たちに分かれていた。勢力としては、現職の江戸家老である浦川派の方が多数派だった。

少数派でも浦川に対峙《たいじ》できたのは、分家の正紀と正広が、同じ考えを持っていたからだ。この力は大きかった。

五

正甫の御座所へ、下妻藩主正広が江戸家老竹内平五郎と勘定方梶谷久助《かじたにひさすけ》を伴って訪ねてきたと伝えられた。昨日の事件についての報告のためと聞いたので、同じ関わりの者として繁松も同席した。

竹内は四十一歳で、先代正棠の横暴を正広と共に防いだ。二十一歳の梶谷は勘定方で、竹内の配下として正広のためにも尽くした。

「昨日は思いもかけぬことが起こりまして」

両手をついた正広は低頭《ていとう》した。竹内らも倣《なら》っている。

単に緑苑という茶六百三十斤を奪われただけならば、浜松藩は関係ない。月に一度の一門の集まりで報告すれば済む話だ。しかし昨日の事件は、無関係ではなかった。

下妻藩が浜松藩領内の地廻り問屋から仕入れた緑苑の代金百六十八両は、浜松藩が立て替えていた。江戸の福地屋へ売れば六十三両の利益を得られるはずだったが、今となってはどうなるか分からない。正広にしてみれば、本家に顔を出さないわけにはいかない状況になった。

すでに繁松が伝えていたことだが、正広も同じような説明をした。

「下妻藩にしても、そのままにはできぬな」

正甫は返した。昨日の事件は、繁松と正広の問題という受け止めだ。

「はは、取り返す所存でございます」

正広は、決意の色を顔に浮かべている。

「ぜひそうなされるがよかろうと存じまする」

浦川も応じた。繁松に告げたような冷ややかな物言いではなかったが、同情をしている気配はなかった。正広は、正紀や繁松に近い存在だからだ。

「繁松とも、力を合わせるそうだな」

「ははっ」

正甫の言葉に、正広は繁松に顔を向けてから答えた。

「そこででございまするが」

浦川が正広に顔を向けて言った。

「うむ」

「緑苑の買い入れに際しての、お立て替えした金子についてでございまするが」

浦川はこれを切り出すだろうと、繁松は察していた。六万石の浜松藩ではあっても、百六十八両という金高は捨て置けるものではなかった。中老として、藩の財政状況はよく理解していた。

「何があろうとも、当家が買い入れた品でござるゆえ、お支払いいたす所存」

正広もその問いかけがあると踏んでいたらしく、迷う気配のない返答だった。とはいえ、あてがあるとは思えない。そう言わざるを得ない立場だからこそ、口にしているのだと分かった。

「ならば何よりでございまする」

「そうしてもらおう」

浦川の言葉に、正甫が続けた。正甫の一言は、念を押したことになる。浦川は、下妻藩の財政状況を踏まえた上での発言だ。そこがしたたかだ。

「その期日でございまするが」

浦川はあくまでも下手《したて》に出ながら、正広に声をかける。

「予定通り、今月末日までにお願い申し上げまする」

「承知いたした」

繁松には、答えた正広の顔がわずかに強張《こわば》ったのが分かった。本音では、延納《えんのう》を頼みたかったのかもしれない。同道した竹内と梶谷は厳しい表情だ。

しかし浦川に、機先を制されてしまった。繁松が扶持米を奪い返す期限と、同じ日となっている。

正甫の御座所を出た繁松は、改めて正広と顔を見合わせた。

「力を合わせましょうぞ」

「いかにも」

それしか、交わす言葉がない。これで別れた。

正広は、愛宕下《あたごした》大名小路の下妻藩上屋敷に戻った。しばらくは、正甫の御座所でのやり取りを頭の中で反芻《はんすう》した。

「浦川め」

こちらの落ち度であることは間違いないが、容赦なくそこを責めてきた。扶持米を奪われたのは事実だから、正甫も庇《かば》うことはできない。

それからしばらくした頃、茶問屋福地屋四郎兵衛と番頭次作の訪問を受けた。福地屋へは、昨夜のうちに藩士をやって事情を伝えていた。商いの相手なので、竹内と梶谷だけでなく、正広も顔を出した。

「とんでもないことになりましてございます」

いかにも神妙な顔で四郎兵衛は言った。次作も頷いている。角間が亡くなったことについても、弔意《ちょうい》の言葉を述べた。

「うむ。考えもしないことであった」

「まことに、まことに」

次作が、白絹三反を差し出した。見舞いのつもりらしかった。

「それで賊は、どのような」

四郎兵衛が問いかけてきた。成り行きを案じている様子だった。

「家中の者が、探っておる」

竹内が答えた。

「ならば安堵いたします。下妻藩がなさることでございます。早晩、取り返してくださることでございましょう」

二人の商人は、大げさに頷いて顔を見合わせた。その様子には、したたかさが滲《にじ》んでいた。

「私どもも、緑苑の売り先はすでに決まっておりまする」

「うむ、そうであったな」

「卸せないということになりますと、店の信用に関わりまする」

次作は、困惑の顔になって言った。商人としては、当然だろう。そのまま続けた。

「約定《やくじょう》どおり卸せないとなりますと、次から商うことができなくなりまする」

「ううむ」

念押しをされて、正広は微《かす》かに呻いた。それは今後下妻藩から、緑苑を仕入れることはないと告げられたと受け取ったからだ。

新田開発は手間がかかる。止めるつもりはないが、もう一つの手立てとして、正広は緑苑の仕入れを考えた。

その初めの売買で、躓《つまず》きかけていた。襲った賊には、湧き立つ怒りがあった。ときが経っても、収まることはない。

下妻藩の藩財政には、回復の兆《きざ》しがなかった。何とかしなくてはと、苦渋の中で日を過ごしていた。

緑苑については、亡くなった角間が浜松藩士との雑談の中で耳に残した。現地まで足を運び、百姓たちと談判《だんぱん》をしてきた。

「銘茶でございまする。江戸へ運べば、必ずや売れまする」

角間が持ち帰った茶の、試飲もした。話を聞いてさらに調べを入れ、資金はなかったが正広はよしとした。

正紀は下り物の薄口醬油や塩などを、江戸へ運んで利を得ていた。学ぶべきだと思っていた。

浜松藩に立て替えをしてもらうにあたっては、浦川にも下げたくもない頭を下げた。他に手立てはなかった。正棠も力を貸した。これには驚いたが、藩のために力を貸したのだと受け取った。

浜松藩出入りの福地屋へは、飯山や亡くなった角間が何度も足を運んだ。福地屋も初めから仕入れるつもりでいたわけではなかった。けれども売るにあたっては、正棠の声掛けもあった。

下妻藩領内や近隣の土地では、まだ正棠の申し出を受け入れる商家があった。そういうことがあっての、緑苑の売買だったのである。

「福地屋に迷惑はかけぬ」

正広は告げた。

「ありがたいことでございます」

四郎兵衛と次作は低頭した。

六

山野辺に濱口屋分家の荷船の行方を捜す依頼をした翌日、正紀は藩主としての用を済ませた後、源之助と植村を伴って藩邸を出た。昨日の調べの詳細と浜松藩上屋敷であったやり取りについては、昨夜のうちに正広からの文《ふみ》で伝えられ、あらましが頭に入っていた。

「よそごとではありませんね」

その日の出来事は、京には日々伝えている。話を聞いた京が初めに口にしたのがこの言葉だった。

今のところ産後の肥立《ひだ》ちは順調で、孝姫も弟ができたことを喜んでいる。藩邸の奥での日々は順調といってよかった。

「奪った茶は、どこへ売るのでしょうか」

すぐではないにしても、そのままにしておくわけがないと京は続けた。扶持米については どうしようもないが、緑苑については調べようがあると考えた。

下谷広小路《したやひろこうじ》の高岡藩上屋敷を出て、まず足を向けたのは、日本橋通町《とおりちょう》の老舗の葉《は》茶屋《ぢゃ》だった。

「緑苑という茶があるのは存じていますが、うちでは扱っていません」

と問いかけた手代は返した。

「商っている店が分かるか」

植村が訊いた。植村は言われなくても、その折に必要だと思える動きを自らした。

喜世を妻にして、明らかに変わった。

「そうですね。二軒ほど分かります」

その場所と屋号を聞いた。まず一軒目に行った。

「少量ですが、仕入れています」

手代が答えた。緑苑はまだ江戸では、よく知られていない品だった。その銘柄《めいがら》を口にしたので驚いたらしかった。

「よい茶なのであろうな」

「少々値は張りますが、お茶道楽の方には好まれます」

生育に手間がかかるので、生産量は多くないと付け足した。正広の目の付け所は、悪くなかったようだ。

正紀は、遠州茶の買い入れについては頭になかった。これまで取り立てて口にすることはなかったが、正広も追いつめられている。藩財政に対する苦渋の気持ちが、伝わってくる気がした。

必死なのは、自分だけではないと感じた。小大名家の財政の苦しさは、どこも同じだろう。

「どこから仕入れるのか」

「浜松の地廻り問屋からです」

「他に扱う者はいないのか」

分かってはいるが尋ねた。

「福地屋さんが力を入れると聞きましたが、どうしたでしょう」

そこまでは、手代も知っていた。ただそれ以上は分からない。

もう一軒にも行った。そこでも主人は、福地屋について話題にした。

「緑苑は、まだ多くには知られていません。ですがこれからは分かりません」

「売れると見ているわけだな」

「ええ。ただ値は高いです」

「買い手を選ぶわけだな」

「さようで。今のうちに、うちで顧客を作りたかったのですが。いつの間にか福地屋さんが出てきました」

「商売敵《しょうばいがたき》になるわけだな」

「そうです。動きの早い、抜け目のない商人です」

しかし商人としては、責められることではない。商人は、算盤《そろばん》で戦《いくさ》をしている。負ければ店を畳むしかなかった。

「では福地屋の他に、この先緑苑を売ろうという者は出てきていないか」

「それは聞きません」

奪われた緑苑が市場に出てくるのは、もうしばらく先かと思われた。そうなると緑苑絡みの調べは、先のことになる。

「では、今できることは何でしょうか」

源之助が言った。手をこまねいていることはできない。

「小名木川あたりでは、奪われた荷船は姿を消していたわけだな」

「はい。ただ気づかなかっただけかもしれません」

正紀の問いに源之助が返した。

「それまでに目にした者がいたということは、大川の東河岸を遡《さかのぼ》ったと考えられます。東河岸の深川元町《もとちょう》あたりを聞き込んでもよかろうと存じます」

植村が続けた。できることは、すべてしようとの意気込みだ。

「ならば行ってみよう」

正紀は気持ちを受け入れた。今尾藩にいた頃の植村とは別人になっていた。歳月は人を変える。

新大橋《しんおおはし》の袂にいる者や深川元町の住人に尋ねた。

「その荷船は、明かりを灯していたんですかい」

豆腐の振り売りの親仁《おやじ》が、逆に問いかけてきた。

「灯してはいなかったと思うが」

「それならば、よっぽど目を凝《こ》らしていなければ目に入らないんじゃないですかね」

と言われた。植村の顔が歪んだ。それでもさらに訊いて、舂米屋《つきごめ》の主人にも問いかけをした。

「その頃私は、新大橋下の船着場に立っていました」

中年の主人は答えた。大川上流に住まう縁者が訪ねて来ることになっていた。それを待っていたのだそうな。

「二艘の荷船が、明かりもつけないで通り過ぎました」

「まことか」

「はい。おかしな船だと思いました」

暗くなれば、衝突を防ぐために航行する船は明かりを灯す。

「ならば奪われた二艘の荷船は、新大橋よりも川上に行ったことになるな」

正紀は言った。ただそれまでのことだ。新大橋の先の大川に目をやる。緩《ゆる》やかに流れる大河が、そこにあるばかりだった。

荷船や人を乗せた舟が行《ゆ》き交《か》う。いつもの光景だった。

七

翌朝、植村と源之助は、新大橋の上流を当たるとして屋敷を出ていこうとしていた。そこへ北町奉行所から、山野辺の使いだという小者《こもの》が屋敷へ駆け込んできた。

「乗り捨てられた濱口屋の荷船が、見つかりました」

さすがに町奉行所の調べは迅速《じんそく》だった。

二艘は別の場所で見つかった。一艘は両国橋北東千本杭《せんぼんぐい》のあたり、そしてもう一艘は対岸御蔵前片町代地《おくらまえかたまちだいち》の代地河岸《だいちがし》付近にあったと知らされた。

「すぐに参ろう」

正紀は源之助と植村を伴って、千本杭にある船の現場に向かうことにした。正広のもとにも家臣を走らせてこの件を伝え、対岸の方を当たるように依頼した。

千本杭と呼ばれるだけに、岸辺にはたくさんの杭が打たれている。その杭と杭の間に、船は引っかかっていた。両国橋に目をやると、行き来する人の姿がよく見えた。

対岸の上流には、御米蔵《おこめぐら》の大きな倉庫が並んでいる。

百俵近く積める船だから、一昨日《おとい》のうちから目についていた。すでに近くの横網《よこあみ》町の自身番《じしんばん》に伝えられていて、町名主からの照会があって、昨日の夕方には北町奉行所へ届け出られていた。

「この船です。間違いありません」

杭に船首が挟まって浮いている空の荷船を見て、植村は言った。船尾を検《あらた》めると、濱口屋という文字が読めた。

「このあたりで、荷下ろしをしたのでしょうか」

周囲を見回しながら源之助が言った。夜になれば、人気《ひとけ》のなくなる河岸道《かしみち》だとは分かる。しかし百四十俵の米を荷下ろしするとなると、さすがに誰にも気づかれずにはできないだろう。

「奪った船だけを、わざとこの場へ移したとも考えられます」

「うむ」

植村の言葉に、正紀は頷いた。

最初に見つけて自身番に伝えたのは、近くの長屋に住まう十歳と七、八歳くらいの兄弟だった。朝飯を済ませてから、釣りに出て目にした。

その子たちを呼んだ。

「見つけた刻限はいつ頃か」

「一昨日の、五つ（午前八時）の鐘が鳴る少し前でした」

神妙な顔で、十歳の男児は答えた。三日前の暮れ六つ過ぎにも父親と河岸の道を歩いたが、そのときは船に気がつかなかった。

「子どもたちが目にする前にも、見た者がいるであろう」

近所の者を当たることにした。すると一昨日の早朝、釣りに出た近くの質屋の隠居が、空の荷船を見かけたと告げた。

「川上から、流されてきた。あの船ですよ」

隠居は荷船に目をやって言った。

「いつ頃のことか」

「東の空が、少し明るくなりかけたあたりですね」

釣りを終えて戻ってくると、空船は杭に引っかかっていた。

「出かけるときには、あったのか」

「さあ、それは気がつきませんでした」

質屋の隠居は首を横に振った。

「ならば、荷船が捨てられたのは、もっと上流ですね」

と源之助が口にした。

「釣りに出て、誰か上流で人と会わなかったか」

訊いたのは植村だ。これも押さえておかなくてはならない。

「ああ、会いました。川漁師に」

馴染みの者で、釣りの穴場を教えてもらう。川漁師は、夜釣りから戻ってきたところだったそうな。

早速、川漁師の住まいを訪ねた。

「この先の、石原《いしわら》橋あたりだったっけ。あそこの船着場に、黒い人影が見えた」

月明かりが照らしていた。南本所石原町《みなみほんじょいしわらちょう》の入り堀に架けられている石原橋の下あたりだとか。

「何人かね」

「二人だったと思いますが」

「その二人は、どうしたのか」

「入り堀に沿った道の方へ消えていきました」

何かをしていたわけではない。問われなければ、思い出すこともなかっただろう。

「そうしたら、その船着場に荷船があって、そこから川面を揺れて出てきました」

月明かりで分かった。

「艫綱《ともづな》をかけていなかったわけだな」

「そうだと思います」

その後のことは分からない。そのままにしてよいのかとも考えたが、闇に消えたのは胡乱《うろん》な黒い影だったので関わらないようにし、獲れた魚の売値のことを考えることにしたと答えた。

濱口屋の船を見させた。

「暗かったのではっきりしませんが、この大きさだったと思います」

と川漁師は証言した。

正紀ら三人は、南本所石原町へ向かった。

「二人というのは、襲った八人のうちの二人ですね」

「代地河岸の方へ行った荷船は、西河岸で乗り捨てたのでしょうね」

川幅は広いから、荷を下ろした後は、それぞれ別に荷船を放ったことになる。

「襲った者を、はっきりさせないためだろうな」

正紀が言った。入り堀の北側は町家で、納屋がいくつか並んでいる。そこを一つずつ確かめた。

荷があるのはここではないだろうと思うが、念のためだ。後悔はしたくない。

「うちは炭だけです」

地廻り酒や油樽も収められ、米俵もあったが茶はなかった。また収めたのも、少なくとも十日以上前だった。

深夜だから目撃者はないと思われたが、納屋以外の周辺でも訊いてみた。

「物音もしませんでしたよ」

米百四十俵の荷下ろしともなれば、何の気配もなしでは済ませられない。

「やはり荷を下ろしたのは、ここではありませんね」

「やつらは、慎重です」

源之助と植村が呟いた。その後で、下妻藩の飯山らに会った。荷船は大川橋付近で放たれたらしいと分かったが、その前のことは同じように調べ切れなかった。

「悔しいですね」

飯山は唇を嚙んだ。

繁松配下の末野らは、潜んでいた賊たちについて調べた。これも動きを探れなかった。容易《たやす》くは、賊に近づけない。

第二章　家老の謀

一

聞き込みを済ませて屋敷に戻った正紀は、佐名木と会った。発見された荷船と一日の調べの模様を、伝えたのである。

「船を放つのは、奪った荷を置いた場所からは離れた場所にするでしょうな」

話を聞いた佐名木は言い、さらに続けた。

「必ずどこかに、事を明らかにする糸口が潜んでおりましょう」

茶の荷はもちろん、米俵百四十俵はかさばる。それが手妻《てづま》のように中空に消えたわけではなかった。

それから留守の間にあった来客や書状の確認をした。頭に留めておかなくてはならないこともある。

さらに出入りの商人から、清三郎誕生について新たな祝いの品が届いたという報告を受けた。

正紀が婿入りして以来、藩内には様々な出来事があった。そんな中で今回は、取り立ての慶事であることは間違いない。

「高岡藩も、安泰でござる」

佐名木と共に、運ばれた祝いの品を検めた。そして佐名木は躊躇《ためら》った様子だったが、正紀に告げた。

「少なくはありますが、家中の者は、若子《わこ》様の誕生を手放しで喜んでいる者ばかりではありませぬ」

「うむ」

意外ではなかった。ただ改めて口にされると、胸に堪《こた》えた。

「藩士が、話をしておりました」

佐名木が庭を歩いていて、小鳥の囀《さえず》りに耳を傾《かたむ》けていた。そこで話し声を耳にしたのである。今日の昼間のことだ。

「清三郎についてだな」

「さようで。高岡藩の跡取りは、井上というよりも尾張の血が濃くなると」

それは誰でも思うことだろう。京も、尾張の血を引いている。ただどう感じるかはそれぞれだ。

「何か、企《たくら》んでいるのであろうか」

「いやそうではないようで。胸にあることを、口にしたまでのことかと」

それこそ、本音だろう。

婿入りしてからの正紀の働きぶりは、誰もが認めている。高岡河岸の活性化やその他の事業のお陰で、長年続いていた藩士の禄米の借り上げもなくなった。

藩士やその家族が喜んでいることは間違いないが、それだけでは済まない。身分の上下を越えて、井上家譜代の者は井上家の血が薄れることを喜んではいなかった。

特に本家浜松藩に縁者がある者は、その思いが強い。

本家と分家二家の間では、家臣同士で婚姻を結ぶことが少なくなかった。一門の結束を強めるために、三家の間での婚姻は奨励《しょうれい》されてきたのである。

「さらに何か口にしたのか」

「拙者に気づいたようで、慌てて口を閉じました」

佐名木は聞かなかったふりをしたとか。

「心の奥に潜む思いというものは、容易くは変わらぬな」

「藩内の者でさえそうですから、本家の者たちは、それよりもよほど強いかもしれませぬ」

佐名木は言った。家老の浦川やそれに与《くみ》する者たちの中では、次も女児が生まれるならば、井上一門の男児を孝姫の婿とする話も出ていた。

清三郎が生まれて、その話は消えた。浦川は、舌打ちをしたかもしれない。

それから正紀は、いつものように赤子のいる部屋へ行った。ほっとするひとときだ。

廊下を歩いていると、清三郎が元気よく泣いている声が聞こえた。乳母がいるが、正紀が部屋へ入ると遠慮して出ていった。

「なかない、なかない」

孝姫が、顔を寄せてなだめる。紅葉《もみじ》のような手が掻巻《かいまき》を撫でたが、赤子はそれでは泣き止《や》まない。

京が応じた。

「生まれたばかりの赤子は、泣くのがお役目です」

「…………」

きょとんとした顔で、母を見つめる。

「あなたも、よく泣きましたよ」

清三郎の顔を見つめながら母娘で話をしている。孝姫は、今でもよく泣く。

「だって、うーんと」

何か言おうとしたが、孝姫は京の膝《ひざ》の上に乗って胸に顔を寄せた。甘えている。母親を、清三郎に取られるという気持ちもあるようだ。

甘ったれになった。

正紀は、しばらくそのやり取りを窺《うかが》う。それから正紀は、孝姫と遊んでやる。今日は鞠《まり》を転がした。きゃっきゃと笑いながら、鞠と戯《たわむ》れる。もっともっときりがない。

その様子を、京が笑顔で見つめた。

清三郎と孝姫が寝付いたところで、正紀は今日の調べについて話をした。

「襲った者たちは、念入りにやっていますね」

「まったくだ」

「しかし奪った品は、いずれ金子に換えるものと存じます」

わずかに考える様子を見せてから、京は口にした。

「いかにも。そのうちに荷を動かすことになるであろう」

「ええ。とはいえ金子にするならば、今のうちから動くのではないでしょうか」

「なるほど、そうだな」

荷が動くのは、話がまとまった後だ。事前に、買い入れる者との交渉があるはずだとの話だ。当然の指摘だと思った。

「米についてもそうですが、緑苑《りょくえん》の方が探りやすいのでは」

「うむ。明日はそれを当たってみよう」

正紀は返した。茶問屋の方が、米問屋よりも少ない。動きが見えるだろう。奪われた実物を捜すよりも確かだと考えた。

二

翌朝正紀は、源之助と植村を伴って調べに出ようとしていた。そこへ兄の睦群から呼び出しがあった。睦群は付家老として尾張藩上屋敷に出仕する前に、話がしたいと言ってきたのである。

睦群の命ならば逆らえない。

御三家筆頭の尾張藩には、幕閣のなす政《まつりごと》や諸大名の動きなどについて最新のものが入ってくる。睦群は付家老として、いち早く知ることができた。必要だと思えるものは、正紀に伝えてきた。

それはありがたいことで、判断の役に立つ。けれども、呼び出しについてはときを選ばない。すぐさま馳《は》せ参《さん》じなくてはならなかった。

正紀はすぐに、源之助と植村を伴って赤坂《あかさか》の今尾藩上屋敷へ出向いた。生まれ育った屋敷だ。兄の御座所で、二人だけで向かい合った。

「清三郎は、健やかか」

まずはこの話題だ。

「はっ。乳をよく飲むようで」

「ならば重畳《ちょうじょう》」

それから本題に入った。

「高岡藩内に、婿を取らねばならぬ家があろう」

「はあ」

唐突な問いかけで驚いた。わざわざ呼び出すほどの話題ではないが、ともあれ正紀は考えた。

「思い当たる家が、ないではありません」

家中には、男児がなくて婿を取らなくてはならない家が数家あった。

「尾張の家中でな、家禄四十俵の家の次男坊が婿入り先を探しておる」

「それならば当家よりも、尾張家中に婿入り先があるのでは」

いきなり何を言い出すのかと思った。家臣の数は、一万石の高岡藩とは比べ物にならない。三万石の今尾藩でも、適当な家はありそうだ。

「いや。高岡藩がよいのだ」

睦群は正紀を見つめてきた。真剣な眼差しで、戯言《ざれごと》を口にしているのではなさそうだ。さらに続けた。

「高岡藩の次三男を、尾張の家に婿入りさせることも考えておる」

婿入り先が多くなるのは、悪いことではない。ただそうなると、宗睦の意向が働いていると察した。

「しかしなぜに」

「尾張藩の者が高岡藩に入るというのは、その方《ほう》にとって都合のよいことではないか」

尾張の色が濃くなると告げている。清三郎が生まれた。この機に、高岡藩との関わりをさらに強くしようという目論見《もくろみ》だ。

　これまで尾張一門の家臣で高岡藩の井上家中に入ったのは、正紀が今尾藩から伴った植村だけだった。しかし植村は、ときに外様と白い目で見られることがあった。何事も、歓迎する者としない者がいる。

尾張と近づくことを、好機とする者は少なくなかった。一門でいれば、正紀の出世の可能性は大きい。先代の正国も幕閣の一人となる奏者番《そうじゃばん》にまで進んだ。病《やまい》に至らなければさらなる出世があって、高岡藩には加増があったと惜しむ声が聞かれた。

　さすれば家臣も加増となる。

尾張藩の家臣と縁を結ぶことを、望む者はいるはずだった。悪い話とはいえない。

「できるだけ早くに、話を進めよ」

否《いな》やはなかった。命令だった。

「話は、もう一つあるぞ」

そんな気がしていた。藩士の子弟の婿入り話だけのためには、わざわざ呼ばないだろう。

「浜松藩と下妻藩では、厄介なことになっているようだな」

扶持米と茶が奪われたことを言っていた。この件については関わりがあっても、高岡藩に損失はなかったので、睦群には伝えていなかった。ついでの折に話せばいいとの判断だった。

「よく、ご存じで」

「当然だ。尾張の力を舐めてはならぬ」

睦群は情報通といっていい。

「その荷の輸送の船は、高岡藩が口を利いたというではないか」

「いかにも」

そこまで知っているのは驚きだった。

「賊を明らかにするための調べは、進んでいるのか」

伝えていなかったことについての苦情はないが、その後どうなっているかには関心があるらしかった。

「いや、それが」

浜松藩の繁松と下妻藩の正広と力を合わせているが、まだ確かな賊の捕縛への手掛かりは得ていないことを伝えた。

「浜松藩で荷の輸送を差配したのは、中老の繁松だな」

「さようで」

何を言うのかと、正紀は睦群の顔を見た。

「それで繁松は、窮地に陥《おちい》った」

「まさしく」

正紀も危惧していたところだ。

「浦川には、都合のよいことではないか」

繁松が反浦川だと、浜松藩の内情は分かっている。

「繁松は、正甫様の威光を背にして行う浦川の専横を防いでおります」

「うむ。浦川はこれを機に、繁松の失脚を狙っている気配がある」

「さようで」

驚いてはいない。煙たい繁松を排除する機会を、狙っていただろう。ここで睦群は、こほんと小さな咳《しわぶき》を一つしてから告げた。

「扶持米と茶の一件だが、その種をまいたのは浦川ではないのか」

「あっ」

浦川が、強奪事件に関わっているとの疑念を伝えてきていた。

言われてどきりとした。それについては誰にも話していないが、考えたことがあった。扶持米を奪われたことは、藩にとっては許しがたいが、浦川にとっては不都合なことばかりとはいえない。

「あやつは曲者《くせもの》だ」

「まさしく」

「繁松がいなくなれば、浜松藩は浦川に牛耳られる」

「さようで」

「浦川にはな、老中がついている」

「松平信明様ですね」

「そうだ」

信明は、浜松藩とは無縁ではない。

「では定信様は、この件を」

「存じておろう」

信明と松平定信は、徳川宗睦の政敵だ。定信の老中就任には力を貸した宗睦だが、今は政治的手腕に見切りをつけていた。

「質素倹約で、苦境を乗り越えることはできぬ。小手先ばかりの政《まつりごと》だ」

正紀も、同じ考えだ。しかし定信は、本気でよかれと思って事を行っている。そこが厄介だった。

一途《いちず》な者としての強さがある。

そして信明は、定信の政を後押ししていた。ただ信明は、定信よりも策士だ。冷徹に、政局の流れを見ている。

「この度の件で繁松が失脚したらどうなる」

「浦川を抑える者はいなくなります」

「そうだ。定信は、六万石の浜松藩を自派に引き入れることになる」

「大きいですね」

「それだけではないぞ。さすれば高岡藩としても、やりにくくなる」

藩の政に、口出しをしてくる虞《おそれ》がある。何であれ本家であるのは間違いなかった。

下妻藩への風当たりも強くなるだろう。

下妻藩には、正広を快《こころよ》く思わない先代藩主の正棠がいる。

正広は正棠の長男だが、疎《うと》まれていた。正広の母妙《たえ》は正室だが、正棠とはうまくいっていなかった。側室お紋《もん》の方《かた》が産んだ次男の正建《まさのり》を、当主にしたいと謀《はか》っていた。

その気持ちは変わっていないと見ている。

繁松と正広が失脚したら、井上一門内での力関係は大きく変わるだろう。

「仰せの通りかと」

「よいか。米と茶の一件は、単に品を奪われたという話ではないぞ」

政局だと、睦群は告げていた。

浦川や正棠の手の者が、一件に関わった証拠は何もない。ただ誰が得をするかという観点で見ると、浦川の名が挙がってくる。そういう話だった。兄上は猜疑心《さいぎしん》が強すぎると、笑い飛ばすことはできなかった。

わざわざ今尾藩邸に呼ばれた意図を、正紀は理解した。

三

今尾藩邸を出た正紀は、源之助と植村に米と茶の一件が井上一門内だけでなく、高岡藩も絡めた政局になっているという話を伝えた。

尾張藩士の子弟からの入り婿の話は、しばらくは控える。佐名木と相談の上で、しかるべき者に声掛けをするつもりだった。

「米と茶を奪い返せないと、厄介なことになりますね」

源之助も、正甫を傀儡《かいらい》として浦川が藩を思いのままに動かしたいと考えていることは分かっている。

「そうですね」

と受けた後で、植村が続けた。

「奪われた緑苑ですが、品はすぐには動かなくても、売ろうとする動きは起こっているのではないでしょうか」

正紀を待っている間に考えたことだと付け加えた。昨夜、京が口にしたものと同じだ。

「うむ。今日はそれで当たってみよう」

正紀が返すと、源之助が頷いた。正紀は初めからそのつもりで、正広や繁松に伝えている。

「前に聞き込みをしたときには、福地屋の他に二軒扱っている店があって問いかけをしました」

どちらにも、新たな入荷の予定はないと告げられた。そこで初めから入荷の予定がなかった店や新たに目についた店を、改めて当たった。

「緑苑は、福地屋さんが仕入れると聞いていますがね」

店によっては、知っていても緑苑に関心を示さない者もいる。

「そういえば、一つ置いた向こうの町の葉茶屋で仕入れると聞いたような」

と話す主人もいて、その小売りの店を教えてもらい、足を向けた。京橋界隈《きょうばしかいわい》だ。

間口二間半（約四・五メートル）の小店《こだな》だった。

敷居を跨《また》ぐと、茶を焙《ほう》じるにおいが鼻を覆った。

「ええ、うちでは三十斤仕入れることになっています」

仕入れ先は福地屋だった。銘茶として、今回から仕入れるようになった。

「その話は、いつ出たのか」

「先月の中頃です」

奪われる前の話だ。試飲もしていた。売れるとの判断があってのことだ。輸送の途中で奪われたことは、伝えられていない。

「以後、仕入れられなくなるという話はないか」

「ありませんが」

なぜそういうことを訊くのかといった顔を、初老の主人は向けた。

「緑苑は、これから売れる茶だからだ」

思いつきを、正紀は口にした。

他にも仕入れる小売りの店を聞いて訪ねるが、同じ返答だった。前に訊いた店よりも、間口は広かった。

この店では、二十斤を仕入れるとか。

「仕入れを決めたのは、先月の二十日頃でしたか。番頭の次作さんに勧められまして」

　もちろん、試飲をしてのことだ。

「この数日になって、何か言ってはこないか」

　荷が奪われた後のことだ。

「それはありませんが」

　小売りの主人は、案じる気配もなく言った。

「おかしいですね。小売りはともかく、福地屋は荷を奪われたことを知っています」

　小売りの店を出たところで、源之助は首を傾《かし》げた。

「そうだな」

「にもかかわらず、福地屋は納品ができると考えているように見えます」

　得心がいかないと、源之助は言っている。

「仕入れられないかもしれないとは、考えないのでしょうか」

と続けた。今のままでは、品がないので卸せない。取り返せるとは限らない状況だ。

　その虞《おそれ》があるならば、小売りには何か伝えるのではないかという見方だ。

「それがしならば、気がかりでなりません」

植村は返した。同じように、納得がいかないでいる。

「必ず入るという確信があるのか」

正紀が口にすると、源之助がはっとした顔で返した。

「他から入る目当てがあるのならば、別ですが」

「怪しいですな」

植村が続いた。

そこで正紀ら三人は、日本橋北鞘町の福地屋へ行った。

一石橋の袂から様子を見ていると、葛籠《つづら》を担《にな》った十六、七歳の小僧が出てきた。届け物をするらしい。少し歩いたところで、源之助が声をかけた。

「遠州産の緑苑は、なかなかの銘茶だそうだな」

「それはもう」

「荷が届かなくなったと聞いたが、まことか」

鎌を掛けたのである。

「えっ。そういう話は、何も伺《うかが》っていませんが。何かあったのでしょうか」

逆に問われた。

「ちらと耳にしただけだ。その方《ほう》が知らぬならば、ただの噂であろう」

知らない小僧に、問いかけを続けても仕方がない。

次は正紀が、店から出てきた手代に声をかけた。

「緑苑という茶があるそうだが。うまいのか」

「もちろんでございます」

「どこの小売りでも売っているわけではないぞ」

「あいすみません」

「荷が届かないという噂もあるが」

「そのような話は、聞いていませんが」

小僧と同様、荷が奪われたことは知らされていないらしかった。態度物言いから、隠しているとは感じられなかった。

来月から売り始めるとして、手代は小売りの店の名を一つ挙げた。

「そちらでお求めくださいまし」

神田《かんだ》界隈だ。まだ当たっていない店だったので足を向けた。

「はい。納品の期日が迫りましたので、番頭の次作さんに確かめましたが、確かに今月末までに品を入れられるとの話でした」

小売りの中年の主人は答えた。小売りの店を出たところで、源之助が言った。

「福地屋は、期日までに納品するつもりですね」

「不安がないように見えます」

と植村。

「我らが、必ず荷を取り返すと信じているのか」

「さあ、どうでしょう」

正紀の言葉に、植村が返した。正紀だけでなく、正広や繁松も探索に当たっている。

それでもどうなるか、確信が持てないでいた。

「奪われたことを知っている福地屋四郎兵衛が、必ず品を揃えられると考えているとしたら、どういうことが考えられるか」

源之助と植村に問いかけてみた。

「下妻藩以外から仕入れる目途《めど》があるのでしょうか」

源之助がそう考えるのはおかしくないが、正紀は違うと思った。

「緑苑は、大量に拵《こしら》えているのではないぞ」

卸せる量は限られている。だから正広は仕入れるのに苦労したと聞いた。

「福地屋は、奪われた荷の行方に、覚えがあるのではないでしょうか」

植村は正紀の顔を見つめた。根拠はないが、そう感じるという話だ。

「うむ」

「だとしたら福地屋は、米と茶の強奪に関わりがあることになりますね」

源之助も、疑いを強めたようだ。

「ですが、どう関わるのでしょうか」

困惑の顔で続けた。

四

同じ日、正広は飯山他二人の家臣を伴って、南本所石原町の北側の町で緑苑の行方を捜した。対岸の浅草《あさくさ》界隈と比べると、だいぶ鄙《ひな》びた町だ。浅草寺《せんそうじ》の五重塔《ごじゅうのとう》が、初冬の日差しを浴びている。このあたりに足を向けるのは初めてだった。

「殿がわざわざお出ましにならずとも、我らで」

飯山は申し出たが、正広にしてみればじっとしていられない気持ちだった。

緑苑の代金は浜松藩から借りたが、今月中に返さなくてはならない。百六十八両というのは、とてつもない額だ。売れる目当てがあるからこそ、借り入れをした。下妻藩には、余分な金子など一両でさえなかった。

ぎりぎりの資金繰りで始めた、緑苑の買い入れだった。何かを始めるのならば、無理をしなくてはならない場面がある。それは無茶ではないと考えていた。

追い立てられるような気持ちになっている。正紀は藩主でありながらも、自ら調べに出る。見習うべきだという気持ちだ。

一方で、手を出さなければよかったという、悔《く》やむ気持ちも芽生《めば》えていた。

正紀たちは、今日は緑苑の買い入れ先を捜すと知らせてきていたので、自分は引き続き、実際の荷を捜すことにした。

「荷は、消えてなくなるわけがない」

と呟いた。北本所番場町《きたほんじょばんばちょう》から北は、町と寺が入り交じっている。空き地や納屋が点在していた。人通りも多いとはいえない。

「奪った荷を隠すのには、適した場所かと存じます」

飯山はあたりを見回しながら言った。ただ聞き込んだ限り、茶にしろ米俵にしろ、陸路を荷車で運んだ形跡はない。

川沿いの納屋や小屋を、手分けして当たった。正広も問いかけに加わる。

一刻半（三時間）ほど訊き回ったところで、家臣たちと合流した。

「米は数俵あるところがありますが、茶は一斤でさえありませぬ」

そんな報告が返ってきた。正広も、何の手掛かりも得られなかった。

さらに聞き込みを続けたが、成果が何もないまま、大川橋の袂近くまでやってきた。

川向こうには、浅草寺の門前界隈で大勢の人の姿が見える。河岸には納屋が並んでいた。

荷船が停まって、荷下ろしをしている。

「東河岸ではないかと考えていたが、西河岸も考えられるのではないか」

石原橋の入り堀の件があったから、東河岸を当たってきた。

繁松は浅草川の西側を当たっているが、蔵前あたりで捜すのは難渋《なんじゅう》していると聞いた。浅草寺門前界隈までは、まだ来ていない。

「はっ。さようで」

飯山が応じた。

「米は捜しにくいでしょうが、茶は捜せると思います」

家臣の一人が言った。米のにおいは区別がつきにくいが、緑苑のにおいは、四人とも嗅《か》げば分かる。大川橋を西へ渡った。

川べりの大きな納屋には、納屋番がいた。飯山が問いかけた。

「茶は置いていません。米ならば入れていますがね」

とはいえ一月《ひとつき》以上前からだった。

「茶を収めている納屋はないか」

「それならば」

教えられた納屋へ行ったが、緑苑ではなかった。さらにいくつかの納屋を当たった。

番人がいれば問いかけもできるが、錠前がかかったきりで人気《ひとけ》のない納屋もある。

持ち主を聞いて当たったが、望む返答は得られなかった。

大川橋に近い繁華な通りに立って、正広はため息を吐《つ》いた。町で人に問いかけながら荷を捜すなど、これまで一度もしたことがなかった。

ただあきらめるわけにはいかない。気持ちを立て直して聞き込みを再開しようとしたところで、近寄ってきた深編笠の旅姿の侍に声をかけられた。江戸へ出てきたばかりといった身なりだ。

「正広ではないか」

大名家の当主を呼び捨てにする人物だ。飯山らは身構えたが、侍が深編笠の端を持ち上げたので、顔が分かった。

「正森《まさもり》様ではございませぬか」

高岡藩先々代藩主の井上正森である。ここで会うとは思わなかったから驚いた。実父正棠には愛されなかったが、正森には幼い頃に目をかけてもらった。

正森は三十一年前の宝暦《ほうれき》十年（一七六〇）に五十一歳で隠居した。今は八十二歳で、病のために国許で療養していると、公儀には届け出ている人物だった。

ただこの老人、なかなかの食わせ者だ。身体堅固《しんたいけんご》で、正広と同門の小野《おの》派一刀流の達人である。年寄りだと舐めると、痛い目に遭う。江戸には孫ほどの歳の女房代わりの女子《おなご》がいて、下総銚子《ちょうし》では、娘といっていい歳の女子に「旦那さま」と呼ばれていると聞いた。どちらも美形だそうな。

それを知っているのは、一門でもごく一部の者だけだった。正広は正紀から打ち明けられた。秘事だから、家臣にも話していない。

正森は隠居したとはいっても、銚子と江戸の間を行き来して〆粕と魚油の商いをしていた。商いはうまくいっていて、金の面では困っていなかった。

高岡藩では、正森の助力によって〆粕を仕入れて、これを売った。藩財政の足しにしたのである。

正広が緑苑の販売を行い利を得ようとした考えのもとには、高岡藩の〆粕の一件もあった。

「冴えぬ顔つきだな。何かあったのだな」

「いや。そのようなことは」

「かまわぬ、申してみよ。どこにも漏らさぬゆえ」

一門とはいえ他藩の隠居なので話すのを躊躇《ためら》ったが、正森には威圧感があった。じっと見つめられ、繰り返し告げられると逆らえなかった。

とはいえ悪意は感じない。厚意で尋ねてきているのは分かった。正広は緑苑を仕入れたところから、今日に至るまでの顚末《てんまつ》を伝えた。

「そうか。浦川の口利きで、緑苑を仕入れられたわけだな。しかもあやつ、金子まで立て替えたわけか」

「はい」

「おかしいとは思わなかったのか」

不快そうな顔だ。正森は、井上一門の間に二つの派閥があることや、浦川のやり口についてもよく承知をしている気配だった。

「思いましたが、金子は返せば済むことだと存じました」

正甫も承知の上での、本家の助勢だと受け取った。躊躇っていては何もできないという判断だった。

「だがそれは、何もなければの話だぞ」

「さようで」

「そして扶持米輸送については、浦川は繁松に命じたわけだな」

これも気に入らない様子だった。

「輸送の船は、正紀が口利きをしたわけか」

「はい。今後も使うということで、割安にて運べることになりました」

「それはよいが、高岡藩が絡むことになったわけだな。浦川は何も言わなかったのか」

「申しませんでした」

「ううむ。そこも気になるぞ」

一度五重塔に目をやってから、正森は続けた。

「浦川にとって、繁松は目の上の瘤《こぶ》だ。その方《ほう》や正紀は邪魔者だ」

遠慮のない言い方だが、図星《ずぼし》ではあった。

「さようではありますが」

返答に窮した。浦川は、こちらの都合のいいように動いている。

「企みがないと言えるか」

決めつけるような口ぶりだった。

「はあ」

「浦川の腹心は誰か」

「祐筆の日下部慎之助あたりかと」

思いつく名を挙げた。

「ならばそやつを探れ。納屋を当たるよりも、よほど確かだぞ」

言うだけ言うと、正森は立ち去っていった。

五

繁松は、中老としての用を済ませたところで、末野と腹心の藩士一人を伴って虎御門内の浜松藩上屋敷を出た。思ったよりも遅くなった。祐筆に命じていた文書の作成が手間取ったのである。

「あいすみませぬ」

と掛《かかり》の者は頭を下げたが、後回しにされたのではないかと繁松は考えた。掛の祐筆は代替わりをしたが、父親は繁松派の者だった。繁松が困るようなことはしなかったが、跡取りは違った。

特に扶持米の件があってから、向けてくる目の気配が変わった。

「あやつ、浦川派に与《くみ》したな」

繁松は呟いた。扶持米を奪い返せなければ、ただでは済まないことは誰の目にも明らかだ。失脚すると見れば、ついてくる者は減るだろう。

「今日は、いかがいたしましょうか」

末野が問いかけてきた。

「そうだな」

奪われた扶持米百四十俵を捜すつもりだが、昨日までの探索で困難さは身に染みていた。江戸では日々、とてつもない数の米俵が売買されている。倉庫にも収められていた。

米に色はついていないから、奪われた現物を捜すのは厳しかった。昨日は、百五十俵の荷受けをした問屋があった。

「これだっ」

と考えて出向いたが、仕入れ先はしっかりしたものだった。

「何であれ、奪った米はどこかへ売るであろうな」

それでもあきらめたら終わりだ。繁松は己に言い聞かせた。

「石原橋よりも北側となるのでございましょう」

末野が答えた。ともあれ蔵前から浅草界隈の米問屋の仕入れ状況を当たった。

「うちは四十俵を、昨日買い入れました」

という店はあっても、仕入れ先は得体の知れぬ相手ではなかった。

「売るのは、闇の売り手となるな。市価よりは安価にしているのであろう」

「それならば、表には出ないでしょうね」

末野の言う通りだ。安ければどのような由来の米でも、買い入れる者はいるだろう。

「ならば、米問屋を当たっても仕方がないな」

繁松はため息を吐《つ》いた。この後どうしたらよいのか、見当もつかない。

「百四十俵というのは、米問屋にしても少なくない量だと存じます」

「それはそうだ」

末野の言葉に繁松は返した。

「その米が入ると考えていた米屋は、入らなければ困るのではないでしょうか」

「なるほど、そうだな。売り先が決まっていたら、このままでは進まぬな」

米を取り返さなければ、扶持米の換金はできない。藩士たちは、自家用米を残して藩出入りの米問屋に売って、日々の用に役立てる。その問屋が、日本橋西河岸《にしがし》町にある浜松藩御用達《ごようたし》の米問屋豊田《とよだ》屋だった。

米が奪われたままならば、豊田屋には予定の米が入らない。売り先があっての商いだから、豊田屋にしてみれば困ることだろう。

藩からは到着が遅れると伝えたが、どうするのか繁松は気になった。浦川は再度国許から送るだろうが、納入の日は大幅に遅れる。江戸の問屋としては、受け入れられないことだ。

「何か対応をしているのか」

奪われたことは知っているはずだが、藩邸に何か言ってきた気配はなかった。様子を見に行くことにした。

豊田屋のある西河岸町は日本橋川の南河岸で、福地屋のある北鞘町は対岸という位置になる。大店老舗が並ぶ界隈だが、引けを取らない店構えだった。

「おっ」

十間（約十八メートル）ほどの距離まで来たところで、見覚えのある侍が出てきた。浦川の腹心日下部慎之助だった。

「どうしてあやつが」

末野が首を捻《ひね》った。日下部は祐筆である。藩の出入りの業者とはいえ接点はないはずだった。ただ浦川の手先といわれている者だから、その使いと考えれば不思議なことではなかった。

「藩の役目ではない用事だな」

繁松は口にした。今日、繁松の文書を後回しにした祐筆の先輩に当たる。

「解《げ》せぬ動きだな」

事ここに至って、どのような用件か。それは気になった。そこで末野に、日下部の後をつけさせた。

そして繁松は、店の敷居を跨いだ。豊田屋は、主人も番頭も繁松とは顔見知りだ。

「これはこれは繁松様、ようこそお越しくださいました」

下にも置かぬといった様子で出迎えられ、上がれと告げられた。

「事のついでだ」

たいした用ではないと答えて、上がり框《がまち》に腰を下ろした。すぐに茶菓《さか》が運ばれた。

「百四十俵の扶持米のことだが」

繁松は気になっていることとして、この話を持ち出した。事のついでとはいっても、どうでもいい話ではなかった。

「遅れるのは困りますが、どうにもならぬことでございますので」

と主人は顔を曇らせたが、すぐに笑みを浮かべて続けた。

「遅れるといっても、そう遅れることはないとお伝えいただきました」

浜松藩のすることに、間違いはないと付け足した。

「ううむ」

そう遅れることはないという話を、繁松は豊田屋にはしていない。長くなるかそうでないかは、はっきりしていない話だ。

「誰が伝えてきたのか」

「今、日下部様が」

「そうか」

日下部がここへやって来た用件は分かった。扶持米輸送の遅れについて、輸送担当の繁松には知らせず日下部が勝手に豊田屋に伝えたのは、不審な動きだ。独断でできることではなかった。

「浦川殿は、日にちを置かず米を奪い返せると考えているのか」

得心がいかない。少しばかりどうでもいい話をして、繁松は豊田屋を出た。末野はどうしたかと見ると、日本橋川に架かる一石橋の袂にいた。

「どうした」

「日下部様は、福地屋へ入りました」

「ほう」

驚いた。扶持米と緑苑を扱う店を訪ねたことになる。

「それだけではありません」

福地屋に、まだ何かあったらしい。繁松は次の言葉を待った。

「梶谷久助様も顔を見せました」

「下妻藩の梶谷か」

「そうです」

梶谷は勘定方だ。緑苑の支払いについて、話をしにやって来たとしてもおかしくはない。ならば日下部と会ったのは偶然か、それとも待ち合わせたのか。

様子を窺った。

四半刻《しはんとき》(三十分)もしないで、まず日下部が出てきた。繁松は末野につけさせた。

そして少ししてから梶谷が出てきた。もう一人の家臣につけさせた。

日下部と梶谷は、それぞれ藩邸に戻っただけだった。

六

暮れ六つ前、高岡藩邸に正広と繁松が正紀を訪ねて来た。日が落ち始めると、急に肌寒くなった。

この日も三者で、調べたことを伝え合う。うまくいかなかったことについてもだ。どこがまずかったのかを話す。

「正森様に出会ったのは、思いがけないことでしたな」

「魂消《たまげ》ました。あまりに突然で」

正広が言った。正森が江戸と銚子、そして商いに必要な土地を行き来しているのは繁松も知っている。

江戸には折に触れて足を踏み入れているらしいが、高岡藩邸に顔を見せることはほとんどなかった。正紀にしてみれば、それは残念だった。

「しかし仰せられたことは、頷けるもので」

と応じたのは繁松だ。浦川に不審がある様子だ。日々接していて、感じることはあるのだろう。

豊田屋と福地屋での、日下部と梶谷の動きについて話した。

「福地屋で顔を揃えたのは、何かの企みがあってのことやもしれませぬ」

「しかし腑《ふ》に落ちませぬな」

そう返したのは正広だった。そのまま続けた。

「梶谷は当家の江戸家老竹内平五郎の下にある者でござる」

下妻藩にも、派閥があった。正棠を信奉《しんぽう》する者たちは、正広を快く思っていなかった。

そのような中で、竹内は正広派だった。その竹内の下の梶谷が、浦川の腹心日下部と繋がるというのが納得のいかないところらしかった。

「何であれ、目にしたことは間違いない」

「まさしく」

正紀の言葉に、正広が返した。強すぎる思い込みは、身を滅《ほろ》ぼす。

「動きを探ってみる必要があるだろう」

出会ったのが単なる偶然だったのならば、それでいい。ただ正森が口にした通り、この度の一件には、浦川の影がちらつく。正紀は豊田屋と福地屋について、山野辺に調べを依頼することにした。

町家のことならば、その方がいい。

正広と繁松が引き取った後、山野辺の屋敷に向かう前に、正紀はいったん京の部屋へ行った。静かだと思ったら、孝姫と清三郎が、枕を並べて眠っていた。

孝姫は、清三郎の横で寝たがったという。乳母に抱かれるのを嫌がり京に抱かれたがるが、それだけではない。清三郎を可愛いと思う気持ちも育っている。

正紀は京に、一日の話を伝えた。

「浦川は曲者です」

聞き終えた京は、あっさりと口にした。京はこれまで、浦川とは何度も会っている。

「これを機に、己に従わぬ者を始末しようとしているのかもしれませぬ」

「煙たい正広殿と繁松を、退《しりぞ》けようという腹だな」

「それだけではありませぬ。正紀さまもではないでしょうか」

「なるほど、そうだな」

濱口屋分家に輸送を任せるにあたって、浦川は反対をしなかった。正紀もひっくるめてということか。

次の日の九つ（正午）近く、山野辺は日本橋川に架かる一石橋の袂に立った。昨夜、八丁堀《はっちょうぼり》の屋敷に、正紀が訪ねて来た。

「井上一門に、騒動が起こっているわけだな」

依頼を受けたのである。濱口屋分家の荷船を捜すのに力を貸したが、その後の詳細を聞いた。

「正紀からの頼みでは仕方がねえ」

高積見廻りをしているだけでも、荷の置き方で隣り合った商家がいがみ合うことがある。今日も昼まで、その悶着《もんちゃく》に付き合わされた。

片方が強引で、都合のよい主張をした。そのために長引いたのである。

「武家も商家も、同じようなものだな」

店の様子を見ながら、山野辺は呟いた。

まず豊田屋の店の前に行った。店の前にいた番頭の六兵衛《ろくべえ》に声をかけた。山野辺とは顔見知りだ。

「無茶な置き方はしておらぬな」

「もちろんでございます」

番頭の六兵衛は揉み手をして答えた。それから問いかけを始めた。

「豊田屋では、浜松藩の御用を承《うけたまわ》っているな」

「さようでございますが」

高積見廻りが、なぜそのようなことを訊くのかといった顔になった。六兵衛は商いには厳しいと、近所では噂されている。

そこで山野辺は、本題に入った。

「今月になってご公儀は、大名の家臣の江戸扶持米は領国から廻送することという触《ふれ》を出した。存じておろう」

「はい」

「浜松藩でも、近く扶持米が運ばれてくるのではないか。ご大身だからな。かなりの量になろう。いかほどか」

六兵衛はすぐには答えず、見つめ返してきた。答える筋合いがないと、目が告げていた。

「町方はな、公儀のなされることに関わることはない。しかし大量の米俵が入荷するとなると、荷下ろしをした後の米俵の置き方については、高積見廻りとして知らぬふりはできぬ。それで問いかけておるのだ」

「なるほど」

六兵衛は納得したらしかった。顔から、不審の色が消えていた。

「百四十俵でございます」

「いつ頃届くのか」

「今月中とのことでしたが、荷船が遅れていると聞きました」

「ほう。遅れることがあるわけだな」

「珍しいことではありません」

浜松湊からの荷船は、遠州灘《えんしゅうなだ》の荒波を越えて江戸の内湾《ないわん》に入る。その間の外海の航行は、常に不安定なものだった。潮の流れと風向きに左右される。荷が奪われたことは、聞いていないらしかった。

浜松藩との商いを大事にしているように見える。何かの隠し事をしているようには感じられなかった。

七

次に山野辺は、福地屋に足を向けた。ここも主人の四郎兵衛や番頭次作とは顔見知りだった。とはいえ親しくはない。

高積みで、問題になったことはなかった。

まずは四郎兵衛と次作の人となりについて、町の自身番で問いかけた。

「四郎兵衛さんは三代目ですが、店を大きくしています。それはやり手の次作さんの力が大きいからでしょうが」

書役《かきやく》は言った。福地屋は、溝浚《どぶさら》いや夜回りのときなど、町の行事には力を貸した。祭礼などでの寄進も惜しまない。好意的な物言いだった。

「次作は、江戸者かね」

「いえ、常陸の古河《こが》城下近くの村の小作の子どもだと聞いています」

凶作で食えなくなり江戸へ出た。よくある話だ。

「では縁者はいないのか」

「いえ、兄がおります」

次作の兄は長作《ちょうさく》といって、京橋南大坂町《みなみおおさか》の大店繰綿《くりわた》問屋羽越《うえつ》屋で番頭をしているそうな。

「交流はあるのか」

「それはあるでしょう」

当然だという顔で答えられた。書役から聞けたのは、その程度のことだ。

店の敷居を跨ぐと、四郎兵衛が土間にいた。

「これは山野辺様」

　愛想よく頭を下げた。そして近くにいる手代に目配せをした。手代は傍《そば》に寄ってきて、袂にお捻《ひね》りを入れてよこした。

「商いは、うまくいっているようだな」

「お陰様でございます」

ここでも慇懃《いんぎん》な対応をされた。ただ茶問屋では、公儀が出した扶持米の触は関係ない。

「緑苑は、うまい茶だな」

飲んではいないが、言ってみた。

「さすがはお目が高い」

四郎兵衛は、おもねるように答える。

「では、売れるのであろう」

「まあどうにか」

「ならば緑苑の仕入れは、増えるのではないか」

ついでのような口調で返した。

「ええ、そうしたいと努めております」

「抜け目のないその方《ほう》のことゆえ、すでに手を打っているのであろう」

煽《おだ》てるような口ぶりにした。「抜け目ない」という言葉は、商人にとっては貶《けな》す意味ではない。

「いえいえ、それほどのことではございません」

頷きはしないが、否定もしなかった。とはいえ、何をしに来たのかという表情にもなった。ここまでは、豊田屋の六兵衛と同じだ。

「なかなかの茶だからな、気になった」

「それはそれは」

「次はいつ頃、どれほど入るのか」

あくまでも軽い気持ちで問いかける素人《しろうと》という形にした。

「いやいや、少しばかりでございます」

四郎兵衛の眼差しが、一瞬尖《とが》った。素知らぬ顔で、山野辺は続けた。

「高積みのことがあるからな。申してみよ。勝手な積み方は許されぬ」

「今月中とのことでございますが、どれほどの量かは、入荷しなければ分からぬことでございます」

「なるほど」

口ではそう返したが、商人が仕入れる量が分からないなどあるものかと思った。

「もし今月中に届かなかったら、いかがいたす。困るであろう」

届かなかったらと告げたところで、四郎兵衛の目に微《かす》かな反応があった。胸に動揺があったらしいが、呑み込んだ気配だ。豊田屋の六兵衛のように、不審の目を向けてはこなかった。

むしろ隠した。

「いや、届くと存じますが」

「ならば重畳《ちょうじょう》」

四郎兵衛は話していて、ぼろを出したわけではなかった。ただ先に訊いた豊田屋の六兵衛とは、異なる反応ではあった。何か隠していると感じた。

ともあれ、このことは正紀に伝えることにした。

山野辺が調べに当たっている頃、高岡藩上屋敷に正森が正紀を訪ねて来た。思いがけないことだった。

「これはこれは」

まずは曾孫《ひまご》に当たる清三郎の顔を見せた。知らせてはいたので、祝いの品はすでに贈られてきていた。

「無事に育っていて何より」

正森は京にいたわりの声をかけた。清三郎は、血の繋がった曾孫となる。赤子の顔を見つめた。

それから正森は、仏間に入って先祖や正国のために線香をあげた。しばらく瞑目合掌《めいもくがっしょう》をしていた。

「和は、達者にしているようだな」

正国の正室で、正森にとっては愛娘《まなむすめ》だった。

「はい。剃髪《ていはつ》をなされ、亀戸《かめいど》の下屋敷へ移られました」

正国が亡くなった直後は、悲しみに暮れていた。しかし京に慰められ、気持ちを切り替えた。和は狩野《かのう》派の画《え》を好む。正国の菩提《ぼだい》を弔《とむら》いながら、絵筆を握る日々を過ごすようになった。

「うむ。先日、会ってまいった」

「ありがたいことで。和様も、お心が和《なご》んだことでございましょう」

それから正紀は正森と、御座所で向かい合った。

「扶持米と茶のことで、厄介なことになっているようだな」

と口にした。正広が出会ったことは、すでに聞いている。

「まことに」

調べをしているが、なかなか手掛かりがないことを伝えた。

「向こうも、念を入れてのことだからな。容易く尻尾を摑ませることはしないであろう」

もっともな意見だ。

「浦川は、企みをもって事をなしているようです」

「そうだな。その方《ほう》を困らせ、正広を藩内で窮地に陥《おとしい》れようと企んでいるに違いない」

正広も正棠がいる以上、藩内基盤は盤石《ばんじゃく》ではないはずだった。

「国許では正棠にも、いまだに従おうとする者たちがいるようだ」

「さようで」

藩から離れていても、正森は何も分かっていないわけではない。正国と正紀は婿だが、正森は井上一門の血筋だ。連絡を取り合う縁者が、浜松藩と下妻藩にもいる模様だった。

「浜松本家も揺れておる」

「繁松のことでございますね」

「浦川は、繁松を中老の座から降ろそうと謀《はか》っておる」

正森は断定した。

「まさしく」

「正甫はまだ若い。浦川は浜松藩での政《まつりごと》を意のままにしようとしている。それを抑えられるのは、繁松しかおらぬ」

正紀や正広も、集まりの折には意見を言う。しかししょせんは分家だ。常に浜松藩の政の場に顔を出すわけではない。

家中で浦川に、怖《お》じずにものを言えるのは繁松だけだった。

「繁松を失脚させてはならぬ」

「はっ」

それを告げたくて、藩邸にやって来たのだと分かった。

「正国もその方も、尾張の出だ。今や高岡藩は、尾張一門として見る者が多い」

「いやそれは」

「かまわぬ。それはそれでよい。しかしな、高岡藩が浜松藩の分家でなくなるわけではないぞ」

「もちろんのことで」

正森は当初正国が婿に入ったことで、尾張の色が出てきたことを嫌がった。藩主の座を退《しりぞ》いたのは、そのためだと感じている。しかしだからといって、井上一門に対して愛想をつかしたとは見ていなかった。

思いがけないところで、正紀に力を貸してきた。

「浦川の専横を許しては、井上家は衰えるばかりだぞ」

「…………」

「婿として入った以上、その方は井上家を守るために力を尽くさねばならぬ」

意志のこもった言葉として正紀は受け取った。胸に染みた。

「かしこまりましてございます」

そう返すと、正森は得心したように頷いた。

「しばらくは江戸におる。わしを使えることがあるならば、使うがよい」

言い残すと、正森は引き上げた。

第三章　切腹の声

一

翌日は月次御礼《つきなみおんれい》で、正紀は登城をした。江戸にいる諸侯が集まり、家斉公への拝謁を賜《たまわ》る。

一万石では離れたところに着座し、名を呼ばれ頭を下げるだけだ。それでも欠かせない行事だった。勝手に登城をやめれば、処罰の対象になる。拝謁の後は、伺候席《しこうせき》に詰めた。

城中での過ごし方について、初めはまごついたが今は慣れた。

御廊下を歩いていて、正紀は向こうからやって来た松平定信と松平乗完《のりさだ》の二人連れとすれ違うことになった。

老中首座の定信はいかにも怜悧《れいり》そうな面貌《めんぼう》だが、冷ややかな雰囲気がある。乗完は、堂々とした体軀《たいく》で、相手を見下すような物言いをした。

正紀は二人の老中を前にして、廊下の端に寄って黙礼をする。これは他の大名や旗本も同じだ。定信と乗完は、形ばかりの答礼をする。しかし正紀は、いつもいないものとして扱われた。答礼はなかった。そのまま行き過ぎた。

最初に登城したときからそうだった。

理由は分かっている。それは正紀が、尾張一門として反定信派に与《くみ》しているからに他ならない。他の老中たちも同様の対応だ。

そして別の折に信明とも廊下で会った。信明は定信の片腕でもあるが、正紀に対しては答礼をした。

無視をしないのは、信明が本家浜松藩井上家の縁戚に当たるからだ。ただ好意的な態度とはいえなかった。

そこへゆくと、高須藩主松平義裕《よしひろ》など尾張に連なる者は、親し気に声をかけてきた。

「正紀殿、若子は達者でお過ごしか」

「ははっ。その節は、お祝いを頂戴し」

正式なお礼はしているが、ここでも口にしてから、二言三言、笑顔で言葉を交わす。

百万石の大藩前田家の治脩《はるなが》も姻戚関係になったので、一万石であっても正紀には、丁寧な挨拶をした。そして清三郎にまつわる話を少しばかりした。

江戸城内でも、定信派と尾張宗睦派は対立する関係になっている。そして思いがけないことがあった。

正紀と正広は、廊下で少しばかり立ち話をした。昨日正森が藩邸に訪ねて来たことを伝えたのである。二人の伺候席は同じ菊《きく》の間《ま》縁頬《えんきよう》だったが、人に聞かれたくないので廊下に出たのだった。

そこへ老中格の本多忠籌《ほんだただかず》が通りかかった。陸奥《むつ》泉《いずみ》藩主で二万石なので老中格となっているが、辣腕《らつわん》を揮《ふる》う人物として寛政の三忠臣の一人と称されていた。気性の激しさは知られている。

正紀と正広は黙礼をした。知らぬ顔で通り過ぎるのがいつものことだが、今日は違った。傍へ寄ってきたので驚いた。

「その方《ほう》ら、ご本家に迷惑をかけているというではないか」

前置きの言葉はない。いきなり厳しい眼差しを、正紀と正広に向けた。言葉を交わすのは初めてだった。

「分家がそれでどうする」

と続けた。扶持米の一件だとすぐに分かった。このことが、すでに老中たちの耳に入っていることは、睦群から聞いた。本多が知っていても驚きはしないが、わざわざ話題にしてきたのは意外だった。

城内の諸侯では、口にする者はいない。苦いものが胸に湧いた。

「扶持米一粒は、藩士の血の一滴だぞ」

とやられた。

「思いがけぬことにて」

正広が返した。いきなりだからか、だいぶ慌てている。

「それで済むか。本家の藩士たちは、穏やかならざる気持ちでおろう」

話していることは、間違っていなかった。扶持米を得た藩士はそれを銭に換え、暮らしに必要な品を買い入れる。どこかから金を借りているならば、返さなくてはならないだろう。

言われるまでもなく、そのことはずっと正紀の頭の中にあった。正広にしても同じはずだ。

「一日も早く奪い返すべく、動いておりまする」

と正紀が返した。それ以上のことを口にすれば、言い訳になりそうだ。

「それは当たり前のことだ」

吐き捨てるように言った。

本多の言葉は、叱責《しっせき》といっていい。とはいえ、声は抑えていた。通りがかりの者には聞こえないような配慮をしていた。

一門内の不祥事であることは、踏まえているのだろう。

「ただでは済まぬぞ」

「それはもう」

「不始末をなした者の処分を、どうするかという話だ」

本多は、苛立《いらだ》った口ぶりだった。

考えなかったわけではないが、それは米や茶を奪い返してからのことと心得ている。

正紀も正広も、返答ができなかった。

「浜松藩の輸送を行った者も含めて、早急に形を示さねばなるまい」

正紀と正広だけでなく、繁松のことも含めていた。それだけ告げると、本多はこちらの返答を聞かないまま離れて行った。

「こんなときばかり寄ってきおって」

本多の後ろ姿を見送ったところで、正広が漏らした。

「しかし厄介な話だ」

「すぐに処分者を出せと言っているようにも聞こえ申した」

正紀の言葉に、正広が返した。ただ命じられたとは受け取っていなかった。老中でも、その権限はない。

ただ浦川の肩を持つ者ならば、こちらの落ち度として責める材料にはするだろうと思われた。


屋敷へ帰った正紀は、佐名木に本多からの言葉を伝えた。

「浦川殿は信明殿を通して、老中方を味方にしたわけですな」

聞き終えた佐名木は答えた。本多は立ち止まって、わざわざ正紀と正広に声をかけてきた。けれども襲った者については触れなかった。

奪われた方の正紀と正広を責めた。

「うむ。早速、威圧してきたわけか」

「機を逃さぬということでございましょう」

一昨日《おととい》、睦群に呼ばれた。単に米と茶を奪われただけではないと告げられたことを思い出した。

それから正紀は、京のもとへ行った。

「一服、いかがでしょう」

幼子たちは乳母たちが見ていて、京は香りのよい緑茶を淹《い》れてよこした。京は茶道を嗜《たしな》むが、藩邸内では茶に金をかけることはしていなかった。茶を振る舞うなど珍しい。

「うまい茶ではないか」

飲んで正紀は言った。においだけでなく、微かな甘みと渋みが口の中に広がった。

「緑苑《りょくえん》でございます」

「ほう」

「正広さまが、贈ってくださいました」

「そうか」

城中で正広と話をしたが、このことは何も言わなかった。厳しい折だが、気遣いだと思った。

「当家を巻き込んだ、井上一門内の政局になりそうだぞ」

城内のことを京に伝えた後で、正紀は言った。

「ならば米と茶のありかは、やはり日下部と梶谷を探れば見えてくるのではないでしょうか」

「そうだな」

「このような銘茶を、政争の道具に使うとは」

京はため息を吐《つ》いた。


この日源之助と植村は、登城の行列には加わらなかった。いつもならば正紀の傍を離れないが、今日は違った。

日下部の動きを探ったのである。正甫はまだ将軍への御目見《おめみえ》を済ましていないので、任官を受けていない。登城はなかった。

終日屋敷にいた。源之助と植村は顔見知りの藩士に頼んで、藩邸内の御長屋に潜んだ。

「日下部は祐筆として達筆なだけでなく、剣も遣うそうですね」

「はい。馬庭念流《まにわねん》の免許と聞いています」

「浦川様が目をかけているようですが」

「ええ。繁松殿が失脚されたならば、日下部をもっと重い役に就けて、やりたい放題の藩政をするのではないでしょうか」

源之助は、ふてぶてしく見える日下部をよくは言わない。

飯山は末野と共に梶谷を見張った。正広の登城の際には、飯山は末野といったん別れ、当の梶谷と共に行列に加わった。供をしてきた家臣たちは、御堀脇の下馬先で主《あるじ》の下城を待つ。この日は晴れていたが、雨や雪が降っても同じだ。

梶谷は行列で同道した者たちから離れずに、正広の下城を待った。磊落《らいらく》な様子で他の藩士と何か喋《しゃべ》り、笑い合った。

「藩は、緑苑のことで困っていますのに」

正広の下城後に飯山と落ち合った末野は、梶谷が見せる磊落さが気に入らない様子だった。

二

翌日も飯山は、同じ下妻藩上屋敷の中で梶谷の動きを見張っていた。

朝のうちに梶谷は、江戸家老の竹内と話をしてから外出をした。

「何か企《たくら》んでいるぞ」

と考えて、飯山はその後をつけることにした。梶谷は立ち止まることもなく歩いて、永代橋を東へ渡った。

小名木川河岸の道を進んで行き着いた先は、深川猿江町の下屋敷だった。勘定方の梶谷は、月に一度下屋敷へ金銭の綴《つづ》りを検《あらた》めるために足を向けていた。だが振り返ってみると、今月は四度目になる。

「おかしい」

と飯山は呟いてから思い当たった。下屋敷は、国許に戻された先代藩主正棠が一時《いっとき》蟄居をしていた場所である。ここにも、いまだに正棠に与《くみ》する藩士がいた。殿村《とのむら》という下屋敷の勘定方だ。

飯山は屋敷内には入らず、外で見張った。すると梶谷は四半刻もしないで外へ出てきた。

「さらにどこかへ行くのか」

つけてゆくと江戸の中心に戻り、浜松藩上屋敷へ入った。しかしここも長くはいなかった。それから愛宕下の下妻藩上屋敷へ帰った。

飯山はもう一度、猿江の下屋敷へ足を向けた。江戸の町を跨ぐ形で、だいぶ距離がある。無駄足になるかもしれないが、歩くことを厭《いと》う気持ちはなかった。

「今日は梶谷が来ていたが、どのような用件だったのか」

親しくしている中年の藩士に問いかけた。

「殿村殿から、文を受け取ったようでござったが」

「誰からだ」

「はっきりはせぬが、国許の正棠様からではないか」

ここのところ、正棠からの文が増えているとのこと。

「なるほど」

上屋敷の誰かや、浜松藩の浦川あたりに直接送れば目立つ。殿村経由で内々に届けられた文を、浜松藩の浦川に送ったのだと解釈した。

次に飯山は、浜松藩上屋敷へ行った。屋敷内で日下部を見張っている末野を呼び出し、問いかけた。

「やって来た梶谷は、誰と会ったのか」

「日下部様です」

他の者とは会っていなかった。二人で部屋にこもったので、何を話したかは分からない。

飯山は、ここまで見聞きしたことを伝えた。

「正棠様からの文を手渡したのに違いありません」

末野が応じた。

「また殿を、陥《おとしい》れようというのか」

飯山の胸に、怒りが湧き上がった。

「この度の不始末を機に、殿に対する国許での批判の声を大きくしようという企みだな」

飯山は続けた。さらに正広と正紀が城中で本多から叱責を受けた件について話した。繁松に伝えてもらうのである。

飯山は正広から聞いていた。

「正棠様からの文に何か意味があれば、やつらは動くでしょうね」

末野が言った。飯山は、下妻藩上屋敷に戻って、正広に報告をする。


正紀から、山野辺も四郎兵衛を怪しんでいたとの話を聞かされた源之助は植村と、福地屋の動きを探っている。茶の入荷があったが、緑苑ではなかった。店の様子には、取り立てて不審なことはない。

「四郎兵衛と次作の動きにも、不審なものはありませんね」

植村が言った。次作は訪れた客たちを相手に、愛想よく商いを進めてゆく。とはいえ何かしくじりをしたらしい手代には、厳しい叱責をしていた。

そして夕刻になった。中間《ちゆうげん》の身なりをした男が、店に入った。言伝《ことづて》をしただけらしく、中間はすぐに店から出てきた。つけなくても、日下部か梶谷あたりからの連絡だと源之助は踏んだ。

「今夜あたり、何かありそうです」

植村の声に、力がこもった。

そして店を閉めた後、次作が通りに出てきた。源之助と植村はこれをつけた。仕事や商いを終えた男や女が、通り過ぎてゆく。荷を運び終えた空の荷車ともすれ違った。

「おっ」

植村が声を上げた。次作は江戸橋下の船着場へ下りた。

「舟を使うつもりですね」

「気づかれたのでしょうか」

ちょうど空船が、船着場に停まっていた。舟はすぐに水面を滑り出た。

どうしようと、源之助はあたりを見回す。すると折しも、やって来た舟が客を降ろした。

「あの舟を追ってくれ」

乗り込んだ源之助と植村は、船頭に告げた。植村は案じたが、次作はこちらがつけていることに気づいた様子はなかった。

振り切ったと思ったのかもしれない。

「やれやれですね」

気づかれずに追うことができた。行った場所は汐留川の船着場だった。芝口新町《しばぐちしんまち》の小料理屋である。

店には入れないが、やや離れた物陰から、店の出入り口に目をやった。さして間を置かず、侍二人が続けて店に入った。

「日下部と梶谷ですね」

植村が声をひそめた。そこへ末野が顔を見せた。見張っていた日下部を、つけてきたのであろう。

「飯山殿が現れませんね」

源之助が呟いた。つけたはずだが、まかれたのかもしれない。向こうも慎重に動いているということだろう。

「話の内容は分かりませぬが、三者が連携して動いているのは、これでもう動かしようがありませぬ」

源之助が言った。

「いかにも。己らで奪いながら、こちらを責めている。許せぬ話だ」

植村の言葉に、末野が大きく頷いた。

三

次の日、源之助は植村と共に、福地屋の納屋の荷の置き具合を当たることにした。自前の納屋ではなく、これまでに借りて使ったものも含めてのことだ。

「扶持米と緑苑を置く納屋は、江戸の中心部ではないだろう」

正紀の言葉を受けての動きだ。源之助も植村も、同じ考えである。福地屋の自前の納屋は、すでに検めた。

「福地屋が保管をしているならば、極秘で借りたに違いないですな」

容易く捜し出せないのは分かっている。

「それにしても緑苑は、よい茶ですな」

植村が言った。

「まことに」

源之助には茶の良し悪しなど分からないが、今朝、正紀から茶葉のにおいを嗅《か》がされた後で、一服を味わわせてもらった。

「はい。茶を、初めてうまいと思いました」

植村が返した。

「これならば少々高くても買うのでしょうね」

茶道楽という言葉を聞いたことがあった。

「六百三十斤を奪ってどこかへ売れば、一儲《ひともう》けできます」

納屋について、福地屋の奉公人に訊いても意味がないだろう。極秘事項だから、四郎兵衛と次作しか知らないかもしれない。そこで福地屋の荷を運んでいる船問屋を聞いて、そこへ向かった。

霊岸島北新堀大川端町《れいがんじまきたしんぼりおおかわばた》の入間屋《いるま》という店だ。

大川の河口といった場所だ。川上の目と鼻の先のところに、永代橋が聳《そび》えている。

まず船着場にいた船頭に、植村が問いかけた。他にも船頭や水主たちがいる。手広く荷運びをしているようだ。

「確かに、福地屋さんの荷はうちが運んでいます」

「今月になって運んだか」

「あっしではねえが、運んだやつはいますぜ」

しかしそれは緑苑ではなかった。

「他に運ぶ予定だった茶はないのか」

「あっしは知らねえが」

それで今度は、源之助が入間屋の番頭に尋ねた。

「先日運んだ茶以外の輸送は、聞いていませんね」

「緑苑という茶で、十日ほど前の話だぞ」

「はい。ありませんが」

源之助の念押しに、番頭は躊躇《ためら》いなく答えた。そうなると福地屋は、初めから緑苑の輸送を想定していなかったことになる。

「奪われることを、分かっていたということですね」

植村が言った。下妻藩から六百三十斤を仕入れる予定だったことは間違いない。奪われることなど予想しないから、普通は輸送の手当ても考えるはずだ。

「ここ以外で、福地屋の荷を運ぶ船問屋はないのか」

「うちだけでございます」

わずかにむっとした顔で、番頭は答えた。

奪った者たちは、濱口屋の船で、とりあえずどこかには置いた。ただすぐではなくとも、その先への輸送があるのは間違いない。

「そうなるとどこの荷船を使うかは、見当もつきませんな」

植村が口にした。ご府内を巡る船問屋は少なからずある。また一人で船を持って荷を運ぶ者も多数いた。

「では福地屋がどこかに荷置場を借りていて、その場所へ運んだことはあるか」

「それならばありますよ」

新茶の時季など入荷が多くなって、店の納屋では置き切れないこともある。

「その場所はどこか」

「ええと、あれはどこでしたかね」

船頭にも訊かせて、思い出させた。六つの納屋を挙げさせた。大川端と鉄砲洲《てっぽうず》にあるものだった。何度も使ったところもあれば、一度だけのものもあった。

源之助と植村は、三つずつに分けて、それらの納屋を当たることにした。

まず源之助が行った一つ目は、鉄砲洲にある貸納屋だった。海べりで、対岸には石川島《いしかわ》が見える。

番小屋があったので、そこの番人の爺さんに尋ねた。

「福地屋さんの荷は置いたことがありますが、今はそんな話はありませんよ」

そもそも置くのであれば、事前に問い合わせがあるはずだと答えた。最後に置いたのは、新茶の頃だったとか。

二軒目の納屋は、三月《みつき》前に一度使っただけだった。

三つ目の納屋には、番人はいなかった。しかし十人ほどの破落戸《ごろつき》ふうが、入口近くでたむろしていた。

「怪しいぞ」

と言葉がこぼれた。そこで近くにある納屋の番人に尋ねた。

「あそこの納屋では、今月になって新たな荷を入れることがあったであろうか」

「そういえばありましたね。いつかははっきり覚えていないが、十日ほど前だったと思いますが」

その後、運ばれた荷は出されていないそうな。ならば何としても、納屋の中身を確かめてみたかった。

まずは納屋前の様子を見ることにした。ただ破落戸が十人ほどとなると、近づきにくかった。怖れるつもりはないが、血の気の多い者がいて、面倒なことになるのは避けたかった。

　すると一人が、納屋から離れてどこかに行こうとしていた。そこで少しばかりつけた後で、源之助は問いかけをした。

「あそこの納屋は、ずいぶん厳重だな」

「どうしてそんなことを、お尋ねになるんで」

　破落戸ふうは、いきなり現れた源之助を不審に感じたらしかった。値踏みするような目を向けた。

「ちと通りかかって気になった」

「それでわざわざ、問いかけてきたんですかい」

　すでに身構えていた。

　ここで納屋前にいた者たちが、こちらのやり取りに気がついたらしかった。合わせて八人が駆けつけてきた。すべての者が、懐《ふところ》に匕首《あいくち》を呑んでいる。

「何でえ」

　数を頼んでいるからか、男たちは侍を怖れていなかった。源之助を取り囲んだ。

「お武家さん、何者かね」

　年嵩《としかさ》の男が訊いてきた。すでに身構えている者や、懐に手を突っ込んだ者もいた。

懐の匕首の柄《え》を握ったのだ。

「納屋の中身が何か、気になっただけだ」

それ以上のことを、口にするつもりはなかった。

「それじゃあ、済まねえぜ」

牙を剝《む》いた。何人かが、匕首を握った手を懐から出した。刃《やいば》が日差しを照り返した。

「このやろ」

一番若く血の気の多そうな男が、匕首を突き出してきた。源之助はその腕を摑んで、捩《ね》じり上げた。

「痛てて」

若い男は呻き声を上げた。その男の体を、次に突き込んでこようとする者の盾にした。

すると斜め後ろにいた者が、匕首を突き出してきた。源之助は盾にしていた男の体を、突き込んできた者にぶつけた。

するとほぼ同時に、横手から匕首が飛び出してきた。これを躱《かわ》して体を斜め後ろに飛ばし、もう一人切っ先を突き出してきた者の下腹を膝で蹴り上げた。

一人一人ならば、どうということはない。けれども相手は、破落戸でも十人近くで、次々に襲ってくる。喧嘩《けんか》慣れをした者たちだった。

匕首が、息つく間もなく襲ってくる。源之助もさすがに追いつめられた。

「刀を抜きたくはないが仕方がない」

そう考えたところで植村が現れ助勢に入った。どこで拾ったのか、棍棒《こんぼう》のようなものを手にしていた。

「うわっ」

男たちは、巨漢の侍が現れたことに仰天したらしかった。たちどころに、一人が腕の骨を折られた。

これで形勢が変わり、あらかたは逃げた。とはいえ仲間の兄貴分らしい男だけは捕らえることができた。

「納屋の中を見せてもらおう」

「それはできねえ」

「ならばその方《ほう》の肩と腕の骨を砕き、二度と破落戸仲間ではいい顔ができぬようにするぞ。それでもよいか」

と源之助が脅した。こちらに関わりのない品ならば、そのままにするとも伝えた。

男は納屋の錠前を開けた。

薄暗い中に目を凝らした。期待したが、中にあったのは下り酒の樽だった。どうせまともなことで収められた品ではないと察したが、そのまま捨て置くことにした。余計なことに、関わるつもりはない。

結局、廻った三つの納屋には、目当ての品はなかった。大川端方面へ行った植村も、手掛かりを得られなかった。

四

植村は、台所の物音で目を覚ました。外はまだ暗い。抑えた音だが、すぐに分かった。以前はなかった物音である。

喜世が、朝食の支度《したく》をしているのだった。隣に敷かれていた喜世の布団は、すでに畳まれていた。

ささやかな祝言を挙げて、まだ一月《ひとつき》も経たない。仲人《なこうど》役は佐名木夫妻がしてくれた。それから藩邸内の御長屋での、穏やかな夫婦の暮らしが始まった。

米の炊けるにおいが、漂ってきた。これまでは、植村が一人でしてきたことだった。

室内も掃除が行き届いてきれいになった。

じわりと、満足と喜びが胸に湧いてくる。

祝言にあたっては、正紀や京、佐名木の配慮があり、そのことには感謝をしていた。京と喜世の縁は、若殿清三郎が生まれる前からのものだ。手伝いの侍女として京の側にいた。

喜世は出戻りとはいえ、家禄二百俵の直参の娘で、組屋敷住まいだった。高岡藩士の植村は定府《じょうふ》の家臣で屋敷はない。

上屋敷内の御長屋が住まいとなっている。

新夫婦が住まう御長屋は、定府の藩士が妻子と共に住んでいて、国許から勤番で出てきた藩士は、独り者用の別の御長屋で暮らしていた。

高岡藩上屋敷は、四千六百坪の広さがあった。

「慣れぬ暮らしゆえ、困ることはないか」

実家や元の婚家とも異なる暮らしになったはずだ。気遣う気持ちになった。日ごとに愛おしさが増す。

「いえ。皆さん、よくしてくださいます」

「そうか。ならばよい」

ほっと安堵した。昨夜も、そういうやり取りをした。

植村は洗面のために井戸端へ出た。家老の佐名木は、屋敷内に庭付きの住まいがある。植村らが使う井戸や雪隠《せっちん》は別だった。

洗面をしていると同じ御長屋に住む上田治兵衛《うえだじへえ》という中年の侍が出て来た。家禄四十五俵の徒士頭《かちがしら》で、三十六俵の植村よりも家格は上だった。

植村は場所を譲った。

「その方《ほう》の妻女は、なかなか融通の利かぬ者だな」

上田は、いきなり言ってきた。もともと口の悪い男だが驚いた。とはいえ、言い返したり顰《しか》め面《つら》をしたりはしなかった。

「何か、不始末がございましたか」

植村は胸にあるものを抑えて尋ねた。言いたいことがあるならば、言わせておいたほうがよいという判断だ。

「ごみの捨て方が分かっておらぬ。捨ててはまずい場所に捨てておった」

井戸や雪隠、ごみ捨て場など共用のものは、長年の決まりがあって、それに従って捨てたり掃除をしたりした。ごみは飼料になるものとならないもの、再利用できるものとできないものに分けた。

その区別が微妙で、新参者には分かりにくいことがあった。どうやら喜世は、それを間違えたらしかった。

「以後気をつけろと、強く言ってやった」

「さようで」

「…………」

上田がそう口にするくらいならば、よほどきつい言い方をしたのだと思われた。

「見れば誰でも気がつくことだ」

「いや、分からぬこともありまする」

事前に一言伝えてくれれば、分かるはずだとの気持ちがあった。新参者は、ここではこうだと告げられたら、受け入れるしかないだろう。知らせずに責めるのは、了見が狭いと感じる。

喜世は、気の利かない女子《おなご》ではない。

「何だ。口答えをするのか」

「いや」

ほんの少しでも、上の者であるのは確かだった。

「女房も女房なら、亭主も亭主だ」

言うと口を漱《すす》ぎ、水をぺっと吐き出した。植村はさすがに、自分がむっとした顔になったのが分かった。睨んだかもしれない。

それを目にした上田は続けた。

「本家の扶持米を運ぶ任にありながら、まんまと奪われてしまった。恥を知れ」

「…………」

痛いところを衝《つ》かれ、心の臓を冷たい手で握られたような気持ちになった。

「外様が、ご本家に大きな迷惑をかけたということだ。正紀様の面目も、潰したことになるのだぞ」

ここまで口にされると、返す言葉がなかった。上田からは、前にも「外様」と蔑《さげす》む言い方をされたことがあった。さらに「正紀様の面目」となると、腹を切らなくてはならないほどのことだと感じる。

もともと上田は正紀派だったが、代替わりがあった折には、昇進も加増もなかった。今尾藩から移った植村が近習となって、一俵とはいえ加増になったのを面白くないと感じていたのは間違いない。

上田なりの苛立ちもあるかもしれないし、同じことを思う藩士はいるだろうと察した。

荷を奪ったのは、浦川の一味だと確信している。けれども証拠のない今は、それを口にすることはできない。

言いたいことを言い、洗面を済ませた上田は長屋に戻った。植村も、自分の部屋へ戻った。

すると入口に、喜世が立っていた。話を聞いていたようだ。植村はどきりとした。聞かせたくないやり取りだった。

「すまぬな。そなたに辛い思いをさせた」

ごみのことは、自分が詳しく伝えてやるべきだった。また役目のことでは、忸怩《じくじ》たる思いがあった。

「私のことは、大丈夫です。あなたさまがいる限り」

「ううむ」

「何を言われようと、あなたさまは米と茶を奪い返せばよいのです」

喜世は植村の手を取ると、きっぱりとした口調で言った。

「福地屋がこれまでに使った納屋を利用していないとなると、新たに借りたことになります」

五

朝になって、正紀と顔を合わせた源之助は言った。福地屋がこれまで使った納屋は、すべて当たった上でのことだ。

「明らかになっては己が危なくなる品です。これまでに縁もゆかりもなかったところを選んだのだと存じます」

植村は、やや強張った表情で口にした。今日は、藩主としての仕事は佐名木に任せられる。正紀も共に歩くことにした。

飯山と末野は、梶谷と日下部の動きを見張っている。

「当たるのは、やはり福地屋四郎兵衛の動きだな」

そこで店のある北鞘町の自身番へ行った。山野辺の名を出してから、四郎兵衛について書役に尋ねた。

北町奉行所与力の名は、効き目があった。初老の書役は、不審に思う様子もなく答えた。

「四郎兵衛さんには、姉と弟がおりまして」

「ほう」

頷いた正紀は、書役に先を促した。

「姉さんは、日本橋大鋸《おが》町の大店の太物《ふともの》屋に嫁《とつ》いでいます。弟さんは、神田三河《みかわ》町の老舗の乾物屋へ婿に入っています」

聞く限りでは、姉弟はそれなりの暮らしをしている模様だ。

まずは姉の嫁ぎ先へ行った。店の構えや客が出入りする様子を見ていると、繁盛している模様だった。

店の前で小僧に指図をしていた手代に、植村が問いかけた。指図をされたのではなく、自分から近づいていった。気迫がこもっている。

「葉茶を商う福地屋を存じておるな」

「へえ。おかみさんの、弟さんの店です」

「そこの荷を、預かることはないか」

直截《ちょくせつ》に訊いていた。手代は怪訝《けげん》な顔をしたが、植村の横にいた源之助が山野辺の名を出した。ここでも北町奉行所の与力の名は役に立った。

手代の顔から、怪しむ気配が消えた。正紀の身なりは悪くないから、初めからそれなりの者には見える。

「福地屋さんとのお付き合いはありますが、商いで関わることはありません」

弟の乾物屋も同様だった。ここでは番頭に尋ねた。

「うちは、においの出る品を扱っています。たとえ空でも、お茶の荷を入れることはありません」

言われてみれば、もっともだった。

「あの二軒は、関わりがありませんね」

がっかりした様子で源之助は言ったが、植村はそれで落ち込んではいなかった。

「次作についても、当たっておきましょう」

と言った。いつになく、力が入っている。とはいえ張り切っているというのではなかった。使命感からといった様子だった。

「その方、何かあったのか」

気になったので、正紀は問いかけた。

「何もございません」

植村はそう返したが、何かあったのだろうとは察した。それを口にしないのは本人の矜持《きょうじ》だろうが、正紀は胸に留めておく。

北鞘町へ戻った。自身番の初老の書役に、次作について尋ねた。

「常陸の国、古河城下近くの村の小作の子です。父親が死んで奉公に出されたと聞いていますが」

「江戸に縁者はいないのか」

植村が訊いてゆく。

「あの人には、兄さんがいたはずです」

「どこで何をしているのか」

「確か京橋南大坂町の繰綿問屋で番頭をしているはずですが」

何年も前に、耳にしたのだとか。屋号は思い出せなかったが、行ってみることにした。

「あれですね」

間口が六間（約十一メートル）ある店なので、離れたところからでも分かった。源之助が羽越屋という看板を掲げた店を指さした。繰綿問屋は、町内に一軒しかなかった。

ここでも自身番へ行って、中年の書役に問いかけた。次作の兄の名は長作で、三十六歳だとか。

「旦那さんの片腕のような方ですね。商いには厳しいですが、なかなか義理堅いところがあります」

さらに近所で訊くと、主人ではなくてもやり手で、町内では諸事に幅を利かせていると分かった。

「弟の次作とは、親しく行き来をしているのか」

「ええ。手代の頃から、しばしばどこかで会っているようです」

向かいの店の番頭が言った。繰綿は、においを出す品ではない。ならば荷を預かっているかと期待して、羽越屋の手代に問いかけた。

「いえ。先月末に西国から荷が入って、まだだいぶ残っています」

米や茶を入れられる場所は残っていなかった。

定信が出した扶持米の触《ふれ》についても、手代は知らなかった。業種が異なれば、そんなものだろうと察せられた。

「これで捜せるところは、すべて当たりましたね」

源之助が言った。朝のうちは意気込んでいたが、万策尽きたといった顔だ。

「そうでしょうか。まだあるのでは」

植村は首を傾げた。

「繰綿問屋は、野州《やしゅう》や上州《じょうしゅう》などに船で荷を運びます。使った船問屋を当たりましょう」

船問屋の屋号を聞いて、そちらにも足を向けた。

「うちは、遠州の茶を運んだことはありませんね」

これからもないと告げた。

手掛かりは得られなかった。植村の顔が、歪んだ。


下妻藩では、飯山が梶谷を見張っている。正広は上屋敷の御座所にいた。そこへ江戸家老の竹内が顔を見せた。

「緑苑六百三十斤の支払いについてでございますが」

神妙な顔で言った。

「支払いの日が、迫ってきておるな」

言われるまでもなく分かっていた。苦い思いで、指折り日を数えていた。

「捜し当てられぬ場合も、考えておかねばなりませぬ」

「いかにも」

竹内の言うことはもっともだ。藩内では正広派として支えられてきた。しかし竹内に近かったとされる梶谷が、正棠派に与《くみ》したと知った。

竹内もそうではないかと口にする者もいたが、正広は聞き流していた。

「この度は本家に甘えましたが、このままではどうにもなりませぬ」

「それはそうだ」

「払う手立ては、ありましょうや」

浦川は、期日通りに払えと告げていた。それができそうもないから、苦慮をしているのだった。

これまでの竹内ならば、共にどうするかを考えるが、そういう気配ではなかった。

「どこかに貸してくれるところがあればよいが」

これが正広の本音だった。

「一つだけございますが、いかがいたしましょう」

自信ありげに言った。

「どこだ」

借りられるならば、自分が出向いて頭を下げてもよいと考えた。

「国許の、正棠様でございます」

「何と」

魂消《たまげ》た。その名が竹内の口から出るとは思わなかった。確かに正棠は、先代藩主としての顔があり、藩内の商人や豪農には正広よりも顔が利く。正棠がそれらを廻れば、それなりの金子が得られるかもしれなかった。

「しかしな、それはできぬ」

正棠に頭を下げるとなれば、藩政に口出しすることを認めるという話になる。浦川につかざるを得ない流れになるだろう。

「さようで」

竹内は無理に押すことはしなかったが、明らかに不満を持っている顔だった。竹内について囁《ささや》かれるある噂を、正広は頭に浮かべた。

竹内の次男が、浜松藩の名家に婿入りをする話である。それは浦川の口利きだという。

竹内から直《じか》に聞いたわけではないが、確かな話らしかった。それで竹内の気持ちが動いたのか。

六

正紀は御座所で、佐名木と二人で話をした。

「本家浜松藩士の扶持米輸送について、奪われた荷船に同乗していた植村に、当家の者たちの間で非難の声が起こっております」

その日の調べの結果を伝えた後で、佐名木が切り出した。佐名木は都合が悪いことでも、耳に痛いことでも、事実ならば正紀に伝えてくる。

「なかなか荷を、取り返せないということもあるだろうな」

正紀は返した。そして昼間の、硬い様子だった植村の表情、動きぶりを思い出した。何も口にはしなかったが、よほどの何かを言われたのかもしれなかった。少しくらいならば、気に病《や》む者ではない。よほどやられたのかもしれなかった。

「扶持米が奪われたままの浜松藩士の方にも、当家への恨みの声があります」

「それも大きいのだな」

本家の家中にとっては切実だろう。直《じか》に暮らしに響く。

荷船の輸送について、高岡藩は濱口屋分家を紹介しただけだ。植村が同乗したのも、そのついでといったものだった。そもそも責められるのは、お門違《かどちが》いだという気持ちがあった。

襲撃は、日下部と梶谷、福地屋が謀《はか》ったものだと見ている。責められる筋合いはないが、その理屈は相手に通らない。

「本家のほとんどの藩士たちは、事情を知らぬものと存じまする」

「うむ。ゆえに繁松や植村を恨むわけだが、その声が、当家の者たちにも入ってきているわけだな」

「そういうことでございましょう。同乗しながら荷を奪われたのは不運でござるが、他の誰が乗っていても一人や二人ではどうにもならなかったことでございます」

「いかにも」

「そのことは、当家の者に伝えてまいりまする」

また確証のないことで、植村をあげつらうことのないように命じると、佐名木は付け足した。

それから正紀は、京にも植村が責められている件について話した。

「では喜世も、いろいろと言われているのではないでしょうか」

話を聞いて、京が最初に口にしたのはこれだった。

「そうやもしれぬ」

「まだ親しい者もおらぬ御長屋暮らしゆえ、辛いでしょうね」

　案じ顔だった。今日の植村の様子についても、正紀は伝えた。

「ならばやはり、何かあったのでしょう」

　京は決めつけた。

「それにしても、当家にまで非難の声が向けられるのは迷惑だ」

「浦川あたりが、流させているのですね。その噂が、植村を責める流れになっているのでしょう」

　そうだろうと、正紀は頷いた。

　翌日、正紀は浜松本家の正甫から呼び出しを受けた。正甫の呼び出しとなれば、浦川が呼んだということになる。

　嫌な予感があったが、ともあれ出向いた。

　その場には浦川の他に、正広と繁松の姿もあった。そして驚いたのは、松平信明も顔を見せていることだった。

　信明が現れるのはたまにあることだが、やはり扶持米にまつわる話だと受け取った。

月次御礼の折に本多忠籌から叱責を受けたばかりだ。

「当家の扶持米と下妻藩の緑苑が、奪われた件についてである」

正甫が戸惑いがちに言った。浦川に言わされているのだろう。それから浦川に目をやった。

「それがしが、殿に代わってお話しいたしまする」

浦川は、一同に恭《うやうや》しく頭を下げてから口を開いた。何かを決めて、それを押し通そうとしている顔だった。

「奪われた米と茶は、奪い返すこともできぬまま日が過ぎておりまする。残念なことでござるが、当家では、それで家中の者の心が揺れておりまする」

「それは難儀なことだ」

感情を面《おもて》に見せないまま、信明が浦川の言葉を受けた。

「取り返せぬまでも、調べは進んでおるのか」

問いかけてきたのは正甫だ。繁松に目を向けていた。

「それがまだ」

繁松は無念の顔で返した。奪い返せないという事実と、浦川の名を出せない歯痒《はがゆ》さがあると察せられた。

「しかし扶持米を与えぬわけにはいかぬであろう」

「さようでございます」

「とりあえず、国許から運べぬのか」

正甫も案じている様子だ。これは浦川に言わされているのではないと受け取った。

「できまするが、藩庫に余分な米穀《べいこく》があるわけではございませぬ」

「それはそうであろう」

「国許の藩士からも、不満の声が上がりましょう」

浦川の言葉だ。

「困ったな」

正甫の表情は暗い。事態を憂慮《ゆうりょ》しているのは間違いない。浦川の企みを知らないのだと、正紀は受け取った。

十四歳の少年では、芝居はできないだろう。だからこそ、いいように使われている。

それを藩内で阻止してきたのが中老の繁松だった。

「扶持米一粒は、藩士の血の一滴でござる。このままでは済みませぬ」

浦川が言った。ことあるたびに口にする台詞《せりふ》だが、これで責めてくる。

「何か、形になることをいたさねばなるまい」

と告げたのは信明だ。ぴんと背筋を伸ばした姿は凜々《りり》しく、眼差しは鋭い。しかしそこから伝わってくるのは、正論という名の冷酷さだった。

「いかにも。そこででござる」

浦川は一同を見回してから、言葉を続けた。

「繁松には、一度中老職から降りてもらう。その後のことは、追って沙汰《さた》をすることにいたしたい」

「………」

「また荷船の口利きをした高岡藩も、ただでは済まぬ話でござろう」

「何とするのか」

正甫が問いかけた。

「米と茶を受け取った二艘の船には、当家の大倉文吉と下妻藩の角間銀助が乗っており申した。この二人は、命を懸けて荷を守るべく戦い果てた。さようでござりましょう」

正紀に目を向けている。

「うむ」

と答えるしかなかった。

「しかるに同乗していた植村は、荷を守ることもできず、おめおめと生き残り申した」

悪意のある言い方だった。正紀の腹の奥が熱くなったが、次の言葉を待った。

「植村にも、それなりのけじめをつけてもらわなくてはなりますまい」

「何をしろと」

「腹を切らせていただくのでは、いかがでございましょうや」

躊躇《ためら》いのない口調で浦川は言っていた。繁松を追いやり、植村に腹を切らせることが、今日呼び寄せた目当てだと知った。

正甫と信明は、何も言わず正紀を見つめている。それでよい、という意味だ。

とはいえ植村は高岡藩士だから、本家であっても命じることはできない。正紀が命じるようにと告げてきたのだ。腹の奥だけでなく、全身が一気に熱くなった。

「その方らの企みのために、植村を死なせてなどなるものか」

正紀は胸の内で呟いた。

「それは承服しかねる。植村は、我が身可愛さで生き残ったのではござらぬ。賊と争ってのことでござった」

同乗していた船頭は証言している。

「しかし生き延びたのは、事実でござりましょう」

「命を粗末にすることは、忠義ではない」

強い言い方になった。

「では他に、どのような手立てがありましょうや」

「繁松も植村も、取り戻すために力を尽くしている」

「それは当然でございましょう」

「ならばそれを続けさせればよいのではないか」

正紀が返すと、それまで黙っていた正広も片膝《かたひざ》を乗り出した。

「さよう。関わった者で荷を取り返すのが、けじめをつけるということであろう」

分家二家が、反対をしたことになる。

「ぜひ、そうさせていただきたい」

繁松も続けた。

「ううむ」

浦川は呻いて、正甫と信明に目をやった。信明は表情を変えないが、正甫は頷いた。

「それでよかろう」

腹を切らせるのは、やりすぎと感じていたのかもしれない。

「されば、扶持米を取り返していただくが、今月末までにできなければ、今の話は受け入れていただきまする」

そうでなければ収まりがつかないと、浦川は念を押した。

「それでよいのでは。取り返せば済む話でござる」

信明が言った。落としどころを告げてきたようにも受け取れるが、こちらとしては容易《たやす》いことではない。

繁松が藩政から身を引くのは、痛手だ。また植村に腹を切らせるのは、正紀にとって断腸《だんちょう》の思いというだけではない。藩士を守れない当主となる。高岡藩が揺らぐ。

それは定信派にしてみれば、都合のいいことだろう。ただこれでも、向こうは引いていた。悔しいが、受け入れざるを得なかった。

第四章　古河城下

一

　高岡藩上屋敷に戻った正紀は、本家でのやり取りについて佐名木に伝えた。考えは述べず、事実だけを話した。

「信明様を連れ出したのは、浦川も腰を据えて攻めてきたわけですな」

「いかにも。繁松の失脚と植村の切腹は、なしたかったところであろう」

　思い出すたびに、じっとしてはいられない気持ちになった。

「正広様の助勢には、救われましたな」

「いかにも」

　あれがなければ、浦川の申し出を受け入れなくてはならなかったかもしれない。浦川や信明にしたら、植村の切腹など、どれほどのことでもないだろう。

「おれを追いつめるのが目当てだ。手立ては何でもよいに違いない」

「まさしく」

「さらに正広殿から、江戸家老の竹内が、浦川になびいた模様だと聞いたぞ」

これも正紀にしてみれば、心揺れる知らせだった。竹内は、どこまでも正広を支えると思っていた。

「竹内殿には、二十二歳になる次男がおります。浜松藩の三百石の家への婿入りが、決まりそうだとか」

三百石ならば、浜松藩でも上士だ。めったにない、よい話なのは確かだった。竹内は大きな餌を、目の前にぶら下げられた。

「浦川が手引きをし、信明様が後押しをしたと聞きます」

佐名木も、他から耳に入れていたようだ。大名家の、江戸家老同士の繋がりを持っている。

「信明様の存在は大きいな」

正紀はため息を吐いた。名門の生まれとはいえ、二十九歳で老中というお役に就いている。定信にその才を認められていた。

「とはいえ切腹というのは、向こうも焦っているように感じます」

「おれの腹心ならば、痛手を負わせられると踏んだのであろう」

「早めの一手ということでしょうか。今日のところは何とかなりましたが、危ういところにあるのは変わりませぬ」

「まったくだ」

　気持ちは引き締まっている。断じてやつらの思い通りにはさせない。

「それにしても信明様は、浦川が福地屋と組んでなしていることの実態をどこまでご存じなのであろうか」

　屋敷からの帰路、正紀はずっと考えていた。

「あやつらが奪ったとは考えてはいないでしょう」

「うむ。そうではあろうが」

　信明や定信は政敵といっていいが、相手を潰すためには手段を選ばない者ではなかった。とはいえ植村の切腹については、受け入れる姿勢を見せた。効果があると踏んだからだ。

　冷徹であることは間違いない。

「はっきりはしなくとも、何かを感じているかもしれぬ」

信明は怜悧《れいり》な策略家だ。手立てのためには、目を瞑《つむ》ることがあるかもしれなかった。己は手を汚さない。

「この度の一件は、使えると考えているでしょう」

「井上本家を、配下に入れられるわけだからな」

正紀は返した。定信にとっては、これは大きいだろう。

「高岡藩を含めた井上一門を傘下に収めることができれば、尾張一門の一角を崩すことになります」

佐名木が言った。

正紀が奥へ行くと、喜世が座敷で、鞠を使って孝姫を遊ばせていた。孝姫は、動く玩具が大好きだ。

きゃあきゃあ言いながら、転がして追いかける。転んで尻餅《しりもち》をついてわあと泣く。

「よしよし」

傍に寄った喜世が、孝姫を抱き上げた。ひとしきり泣いてあやされて、孝姫の機嫌は直った。

喜世を奥へ呼んだのは京で、肩身の狭い思いをしているのではないかと気を使ったのだ。心を許せる知り合いは、移って一月《ひとつき》ではできないのではないか。

子どもを産んだことのある喜世は、幼子の扱いに慣れている。孝姫は上機嫌だった。

「きーよ、きーよ」

転がされた鞠を取ってくるたびに、膝に縋《すが》りつく。よく懐いていた。

源之助と植村は、この日も福地屋の動きを見張りに行っている。

「必ず動きがありまする」

という考えがあるからだ。

「米や茶が、こちらの知らぬ間に処分され、どこかへ運ばれてしまっては万事休すです」

源之助も植村も、それを怖れていた。当然そこは、押さえておかなくてはならないところだ。

「御長屋での植村の様子は、どうか」

正紀は喜世に問いかけた。

「重いお役目として、気を引き締めております」

「そうであろうな」

植村の顔を見るたびに感じていた。祝言を挙げた直後の頃とは、まるで様子が違う。

「御長屋の者から、理不尽な真似をされることはないか」

「ございません。よくしていただいております」

「そうか」

冷ややかな目で見る者や暴言を吐く者がいると聞いている。喜世は弱味を見せない、気丈な女子《おなご》だった。

ただそれは、辛くないということではない。京は御長屋住まいの、気の許せる藩士の老妻に、喜世の力になってやってほしいと伝えていた。

一刻（二時間）ほど過ごさせた後で、京は喜世のために買い求めた菓子を土産《みやげ》に持たせて御長屋へ帰らせた。

そこで正紀は、浜松藩上屋敷でのやり取りについて京に話した。植村の切腹の件にも触れた。

「そのようなことを、浦川が申しましたか」

聞いた京は、腹を立てたようだ。

「あやつが企んだことだ。おそらく正棠様も絡んでいる」

「何としても、米と茶を奪い返さなくてはなりませんね」

「もちろんだ」

「祝言を挙げてまだ一月《ひとつき》にもならぬ喜世を、寡婦《やもめ》にするわけにはまいりませぬ」

強い気性が言葉になった。正紀も同じ決意だ。ただ植村には、切腹の件は伝えない。荷は必ず奪い返す。ならばその必要はなくなるからだ。

二

翌日も、晴天だった。青空の下で、めじろが鳴き声を上げていた。庭の紅葉《もみじ》が、色を増している。

正紀は源之助と植村を伴って、日本橋川河岸の福地屋付近へ行った。お城の石垣には、朝日が当たっている。川面からは、行き来する荷船の艪《ろ》の音が響いていた。

店はすでに、いつもと変わらない商いが始まっている。小僧が荷を届けたり、取引先とおぼしい商家の小僧が、主人からの言伝《ことづて》を告げに来たりしていた。

四郎兵衛や次作の動きに変わりはなかった。次作は店の奥にいて、手代たちに指図をしている。四郎兵衛は、折々奥から出てきて、店にいる次作と大福帳を目にしながら何か話をしていた。

「あの出入りする小僧たちを使えば、四郎兵衛や次作が出向かなくても、大まかな繋ぎは取ることができるでしょうね」

植村が言った。

「そうかもしれませんが、一つ一つ確かめることはできません」

源之助が応じた。もっともな返答だが、植村の危惧も否定はできなかった。その三人の前に、深編笠の侍が立った。隙のない身ごなしだ。

「何やつ」

いきなりなので、源之助と植村は身構えた。

深編笠の前を持ち上げたので、顔が見えた。赤銅色《しやくどういろ》に日焼けしていて、精気に溢れた顔だ。

「これは、正森様」

正紀ら三人は、慌てて頭を下げた。

「その方《ほう》らが見張っていることは、四郎兵衛や次作には気づかれているぞ」

いきなり言われた。

「それは」

あるかもしれないとは、薄々考えていた。ただ他に手立てはない。

「植村は体が大きいからな、特に目立つ」

と決めつけられると、植村は半べその顔になった。

「しかしなぜここへ」

正紀は疑問を口にした。

「その方らだけでは心もとないからな、わしも調べておったのじゃ」

と告げられて返す言葉がなかった。

ここに潜《ひそ》んでいることは昨日から分かっていたので、正森は伝えることがあってやって来たという。繁松が藩の重臣から外されることに、憂慮をしていた。

「ついてまいれ」

正森は隣町の蕎麦屋《そばや》へ、正紀ら三人を伴った。小上がりに座って、四人でもり蕎麦を啜《すす》りながら話をした。

「これまでの間に、四郎兵衛と次作については一通り当たったのだな」

「はっ。四郎兵衛には家を出た姉と弟がいます。次作には、繰綿問屋羽越屋で番頭をしている兄がいます」

四郎兵衛は江戸生まれだが、次作とその兄は下総古河の城下に近い村の小作の出だと付け足した。

「調べたのは、それだけか」

正森は不満そうな顔だ。

「いえ、それぞれの店の納屋を当たりました。米も茶もありませんでした」

「それで引き上げたわけだな」

微《かす》かに嘲笑《あざわら》う表情になった。それを見た源之助と植村は、顔を見合わせた。調べが足りないと告げられたことを、悟った顔だ。

正紀も報告を受けていたが、それ以上の指図をしていなかった。抜かったようだ。

「次作と長作の兄弟は、仲がよかった。それは耳にしたであろう」

「ははっ」

「二人が最後に会ったのはいつか、調べたか」

「いえ」

源之助は額の汗を拭《ぬぐ》った。植村は、蕎麦を手繰《たぐ》ろうとした手が止まっている。

「十月七日の夜だ」

「さ、さようで」

正森の言葉に、植村が掠れた声で返した。船ごと荷を奪われた二日前のことだ。

「関わりがないとは、言えませぬな」

正紀は言った。正森はそれらを探った上で、こちらに声をかけてきた。

「二人はどこで会ったので」

「芝口二丁目の小料理屋すずしろだ」

兄長作が懇意にしている店で、次作もたびたび顔を出しているのだとか。その日二人は小上がりに上がって酒を飲んでいた。交わした話の内容は分からない。

「すずしろのおかみから聞いたことだ」

正森は言った。この小料理屋については、羽越屋の小僧から聞き出した。小銭を与えたら、すぐに話したそうな。

「奪った荷をどうするかについて、話したのでしょうか」

源之助は気色《けしき》ばんで言った。

「慌てるな。兄の長作が、事件の詳細を存じているかどうかは、まだ分からぬぞ」

「そうですね。仮に手伝ってもらったにしても、企《たくら》みではなく、ただの商いとして頼んだかもしれませぬ」

正森の言葉に、正紀が応じた。扶持米と緑苑《りよくえん》に関する販売や輸送の打ち合わせをしたかどうかは、まだ分からない。兄弟で会うならば、他の用かもしれないし、ただ酒を飲んだだけかもしれない。

そもそも大名家の米や茶を奪う話だ。万一にでもしくじったら、厄介なことになる。

そこまでの危険を冒《おか》しても、事をなそうというほどの野心を持っているかどうか。それは分からない。

「そこをはっきりさせねばなりませぬな」

「そういうことだ」

動けという話だ。このときには、蕎麦は食べ終わっている。四人分の蕎麦の代金を払うと、正森は引き上げた。

「では、まずは羽越屋を当たってみようぞ」

「はっ」

三人は、汐留川北河岸の京橋南大坂町へ足を向けた。通りにいた手代に、正紀は問いかけた。

「ここの繰綿は、主にどこへ卸《おろ》しているのか」

繰綿は寒冷地では拵《こしら》えられないので、江戸の問屋の手によって、西国から運ばれた。実綿《みわた》から種子を除いた未精製の綿をいう。木綿糸を拵えるのに用いられるが、江戸では加工されなかった。

通過するだけで、北関東や東北の各地の地廻り問屋へ卸されて、糸や布はそこで生産された。

「うちはおおむね下総古河で、利根川支流の黒川《くろかわ》や渡良瀬《わたらせ》川の小売りにも卸します」

「昔からか」

「さようで。何代か前の旦那さんが、下総古河から出てきましたので」

ありそうな話だ。古河の地廻り問屋に、繋がりがあるという話でもある。とはいえそれは、米でも茶でもなかった。羽越屋は、繰綿しか扱わない。

しかしここで、植村が問いかけをした。

「番頭の長作も、古河城下に近い村の出だったはずだが」

「はい。店の奉公人は、あのあたりから出てきた者が何人もいます」

それから三人は、芝口二丁目の小料理屋すずしろへ行った。おかみに訊くと、正森が話した通り、七日の夜に長作と次作が店に来たことは覚えていた。

話していた内容は覚えていないと言ったが、十六、七歳の娘がいたので同じ問いかけをした。

「古河の話をしていたと思いますが」

覚えていた。商いに関することかどうかは分からない。

「他にはどうか」

「さあ。ただ次作さんが、何か頼んでいるような気配がありました」

「そうか」

これは大きかった。植村は大きく頷いてから、問いかけを続けた。

「その前に兄弟で来たのは、いつ頃か」

「一月《ひとつき》くらい前でしょうか」

さすがにその折に話していた内容などは、まったく覚えていなかった。そのとき、買い入れる相手の依頼をしたかもしれない。

三人は、もう一度羽越屋へ行った。先ほどの手代に訊いた。

「古河での卸先《おろしさき》は、何という屋号の店か」

「ご城下の通町《とおりまち》二丁目、関戸《せきど》屋さんです」

手代は迷う様子もなく答えた。地廻り問屋としては、老舗だという。大切な取引先だとか。

三

「どう思うか」

正紀は、羽越屋の手代を戻した後で、源之助と植村に問いかけた。

「古河は遠いですね。しかも繰綿を扱う店です」

源之助は答えた。

「それがしは、何か頼んでいたというのが引っかかります」

植村の意見だ。米や茶は羽越屋の商いには繋がらないが、切り捨てがたいのだろう。

「どういうことか。存念を申せ」

「はっ。羽越屋には古河城下とその周辺の農家に根を張った取引先の関戸屋がありまする」

「そうだな」

「かの地には関戸屋を通して、何かの依頼ができる葉茶問屋があるのではないでしょうか」

扱う品は異なっても、無縁の土地ではないと植村は言っていた。

「緑苑をそこで売ろうというわけだな」

「かの地にも、銘茶を好む者はいると存じます」

「値が張っても、求める者だな」

「はっ。それに江戸だけでは、六百三十斤はさばききれないのではないでしょうか」

「なるほど。どこから仕入れたかという話になりますね」

源之助が、目を輝かせた。

「遠隔の地ならば、仕入れ先がどこか、詮索《せんさく》されることもないでしょう」

植村は言った。これまでは、奪われた品は江戸で売られると見ていた。しかしそうとは限らないとの考えに至ったわけだ。

「では、どうしたいのか」

「古河まで、参りたく存じます」

植村は即答した。

「何の手掛かりも、得られぬかもしれぬぞ」

覚悟を試した。無駄足になる可能性はあった。

「そのときには、どのようなご処分でも」

植村は返した。他に探る手立てはなかった。何もしないで月末を迎えれば、植村は腹を切らなくてはならない。いまだに伝えてはいないが、植村はそれなりの覚悟を持って口にしていると正紀は感じた。

「それがしにも、行かせてくださいませ」

源之助が言った。

「古河は、次作の生まれ故郷でもあります。何かが潜んでいるかもしれません」

と続けたが、植村だけを行かせるわけにはいかないと感じている様子だ。品川沖から輸送の船に乗ったのは植村だが、場合によっては源之助であった可能性もあった。この件は、他人事《ひとごと》だとは考えていない。

「ならば二人で行くがよい」

正紀は言った。一人で行くよりも、都合がいいだろう。福地屋を見張り続けても、新たな何かが得られるとは感じなかった。

「では、参るぞ」

植村は喜世に言った。正森と会った同じ日で、日はすでに西に傾きかけている。喜世は慌てて旅支度を調《ととの》えた。

植村と源之助は、両国橋東詰にある船着場から出航する、関宿《せきやど》行きの六斎船《ろくさいせん》に乗ることになっていた。人を運ぶための船で、客は歩かずに眠りながらでも関宿まで行くことができた。

「お気をつけくださいませ」

「うむ」

関宿や利根川流域の宿場へ行くのは、初めてではない。なぜ出向くかについての話は、御長屋に戻るとすぐに伝えた。

喜世は、植村が藩内で窮地に立たされているのは分かっている。自分も心無い言葉を浴びせられた。

植村が遠出をするにあたっては不安がよぎったらしいが、それはすぐに隠した。

「ご無理や無茶をなさらぬように」

と喜世は続けた。喜世は、自分を失うことを怖れていると植村は感じた。

「うむ」

喜世の言葉で、背筋が震えた。

これまで親以外に、そういう思いを持ってくれた者はいなかった。今尾藩にいたとき、正紀は手討ちにされるところを助けてくれた。けれどもそのときの気持ちは、今とは別のものだった。

「この女子《おなご》を、悲しませることはできない」

植村は胸の内で呟いた。

高岡藩上屋敷を旅姿で出た植村は、源之助と共に両国橋下の船着場に立った。そろそろ暮れ六つの鐘が鳴ろうという頃だ。すでに船着場には、六斎船に乗り込む旅人たちの姿があった。

歩かずに行けるのだから、利用する者は少なくない。女や老人の旅人もいた。

暮れ六つの鐘が鳴って、六斎船は船着場を出た。小名木川から新川《しんかわ》を経《へ》て、江戸川に出る。そして行徳《ぎょうとく》を経てさらに北上する船旅だ。

握り飯を食べる者もいれば、酒を飲み始める者もいた。満天の星空だ。早々に、眠りに就く旅人もあった。

目を閉じた植村は、喜世の面影《おもかげ》を脳裏《のうり》に思い浮かべた。


植村と源之助を乗せた六斎船は、いくつかの主だった船着場に停まった。そこで客の乗り降りがあった。

関宿の船着場に着いたのは、翌日の九つ（正午）前だった。

利根川と江戸川が合流する地点である。日光東往還《にっこうひがしおうかん》の宿場でもあって、水陸交通の要衝《ようしょう》といわれている場所だ。関宿城と船着場の間には、武家地や町地《ちょうち》が広がっていた。

彼方に赤城《あかぎ》の山並みや、筑波山《つくばさん》が見える。

利根川と江戸川を行き来する大小の船が、行き先別に荷の積み替えを行っている。

薪炭《しんたん》や酒、塩や醤油、その他の俵物《たわらもの》など、あらゆる品々だ。荷運び人足たちの威勢のいい掛け声が響いていた。

船着場には、新米の俵も多数積まれている。すでに稲の刈り入れは済んで、新米の出荷が始まっていた。

「新米の俵を見ると、気持ちが弾《はず》みます」

源之助が言った。

植村は源之助と共に、そこで古河もしくはその先へ行く荷船を探した。駄賃を払って乗せてもらうのだ。

乗り込んだ船は、夕刻前に古河の船着場へ着いた。

「とうとう着きましたね」

船着場に立った源之助が言った。古河城の御三階櫓《ごさんかいやぐら》に、西日が当たっていた。このあたりの樹木は、江戸よりも紅葉が進んでいる。

古河宿は日光街道の宿場の一つだが、古河藩土井《どい》家七万石の城下町でもあった。街道は、繁華な町並みを通り抜ける。

「さすがに、大店や老舗といった商家が並んでいますね」

そう言った植村は、商家の小僧に通町二丁目がどこか尋ねた。二人にとっては、知らない土地だった。

「あちらです」

手で示された方向へ歩き始める。休むことなく、通町二丁目の関戸屋を捜した。

「これですね」

立ち止まった源之助が、屋根の木看板を見上げた。

日光街道に面した人通りの多い場所で、繁盛している様子だった。まず近所で、問いかけをした。

「関戸屋では、米や茶を商ってはいないか」

「看板通り、繰綿だけですが」

何を言うのかといった目を向けられた。三人に訊いて同じ答えだったので、関戸屋の手代に声をかけた。

「江戸の羽越屋を存じているな」

「はい。仕入れをさせていただいています」

植村と源之助に、怪訝《けげん》そうな目を向けながら答えた。

「では番頭の長作を知っているな」

「はい。一年に一度はお見えになります」

「長作には弟で次作という者がいるが、これはどうか」

「弟さんがいるとは聞いていますが、会ったことはありません」

商いに関わってくることはないという話だ。何かを隠している気配はなかった。

「関戸屋では、茶や米を扱う話はないか」

「ありません」

あっさりと言われた。「ある」と返されるのを期待したが、それは甘かった。

気を取り直して、植村は近くにあった葉茶屋でも問いかけをした。

「うちでは、遠州茶を扱っています。江戸の問屋から仕入れますが、その店は昔から決まっています。他から仕入れる話は、ありません」

番頭は答えた。福地屋という店は知らないと付け足した。

「では遠州産の緑苑という茶を存じているか」

「名を耳にしたことはあります」

その店では扱っていない。値の張る銘茶らしいですねと、その程度は知っていた。

城下の、他の葉茶屋を当たったが、羽越屋や福地屋から緑苑を仕入れたという葉茶屋は現れなかった。

「これからも、仕入れる話はありません」

古い付き合いの江戸の問屋への義理がある。また新たな茶を仕入れなくても、充分に商いが成り立っていると答えた者もいた。

「古河にはないのでしょうか」

植村は、呻き声を上げた。その夜は、宿場で一番安い旅籠《はたご》に泊まった。旅費は節約しなくてはならない。

四

植村らが古河城下に着いた日のことだ。下妻藩上屋敷の正広のもとへ、国許の正棠から書状が届いた。

「何事だ」

めったにないことなので、嫌な予感があった。わずかな躊躇《ためら》いの後に、正広は封を切った。

緑苑が荷船ごと奪われた詳細については、江戸家老の竹内が知らせているはずだった。緑苑の販売については、一部分で協力を得ている。土地の商家に、口利きをしてもらった。

竹内が、話を持ちかけたのである。

正棠は嫌がらずに受け入れた。国許の商家には、まだ顔が利いた。下妻で蟄居という形になっているが、まだ三十九歳で藩政に対する意欲は残っている気配だった。

茶の販売について、正広としては力を借りたくなかった。力を借りれば、必ず口を出してくる。正棠とは、そういう人物だった。

竹内が依頼することを強く提案した。

「おかしいな」

とは思ったが、緑苑の売買で藩財政の苦境を少しでも補いたいと必死だった。今思えば、それは策略だったのかもしれない。

文に目を通した。案の定、正棠からの文は、緑苑が奪われたことと、取り返すことができないでいることへの叱責だった。

うんざりとした気持ちになった。

「またか」

という思いだ。蟄居した当初はおとなしかったが、徐々に地金《じがね》が出てきた。

文は、それだけでは終わらなかった。もし期日までに届かなければ、話を進めた正広にも責があると伝えていた。

「事をよしとした以上、そのすべての責は負わねばならぬ」

国許の藩士の間には、不満と怒りの声が上がっていると伝えていた。これを煽《あお》っているのは他ならぬ正棠だと、国許の正広の腹心は伝えてきていた。

正棠からの文は、脅しだと受け取った。正棠は次男の正建を藩主にして、藩政を再び牛耳りたいという考えを持っている。今回はそれを実現させるための、いい機会だと見込んだらしかった。

黙らせるには、緑苑を期日までに奪い返すしかない。

正広が文を読み終えてしばらくした昼下がり、御座所へ竹内がやって来た。竹内は午前中、浜松藩の本家へ出向いていた。表向きの用は何であれ、浦川と企みについて何か話してきたのは間違いない。

正広は竹内に、正棠からの文を読ませた。読んだ竹内は驚かなかった。

「正棠様から、それがしにも文がありました」

竹内が差し出した正棠からの文を、正広は読んだ。自分に宛ててきた文とほぼ同じ内容だったが、表現は厳しかった。さらにそこには、緑苑の仕入れと販売に当たった飯山については、「切腹」という形で責任を取らせるべきだと記されていた。

品はなくても、高額の支払いがある。

飯山と角間は、緑苑の仕入れと販売では采配《さいはい》を揮《ふる》った。正広にしてみれば、功労者だと見ていた。

「その方《ほう》は、どう思うか」

正広は、竹内の意見を訊いた。

「致し方ないことかと存じます」

竹内は苦渋の決断といった表情になって答えた。ただその表情が、本心を表すものかどうかは分からない。

「しかしすでに、荷を守ろうとした角間は命を失っているのだぞ」

反応を見ながら、正広は言った。

「それは力が足らなかった、ということでございましょう」

冷ややかだった。

「こやつ、緑苑を仕入れて買い手を探していたときは、角間を立てる物言いをしていたではないか」

正広は、胸の内で呟いた。

「正棠様が仰せられているのは、このような商人もどきのことをなそうとしてしくじった、そして藩に大きな損失をさせた責ということでございましょう」

譲る気持ちのない言葉だと、正広は受け取った。正業の意見としているが、己の考えでもあるだろう。さらに竹内は続けた。

「昼前にご本家へ参りました折、浦川殿より同じような言葉がありました」

「腹を切らせろとか」

「期日までに決着がつかねば、高岡藩の植村が腹を切ります」

「そうだな」

苦いものが、正広の口中に込み上げた。高岡藩の話をされると辛い。高岡藩は、荷船の調達に手を貸しただけだった。

「当家が何もしないでは、済まぬでしょう」

一門のお歴々が黙っていないと言い足した。

「それはそうだが」

正業からの文にもあったが、正広には受け入れがたいことだ。

「浦川と正業、竹内の陰謀だ」

という気持ちだ。角間と飯山は正広の腹心というだけでなく、藩財政を立て直すために欠かせない人材だった。角間だけでなく飯山まで失うとなると、正広の藩内基盤が弱まるのは必定《ひつじよう》だ。

藩財政の立て直しをしくじったとして、正広も浦川や正棠に追いつめられる。新田開発も、うまくいかなかった。その件についても、これまでいろいろと言われてきた。

「おのれっ」

正広は胸の内で呟いた。見張りを続けている梶谷に、動きは見られない。

五

古河城下での一夜が明けた。夜半、上州の空《から》っ風《かぜ》が、このあたりにも吹いた。源之助は、風の音で一度、目を覚ました。

朝目覚めると、旅籠の庭の柿の実がいい色になっていた。

「関戸屋では、江戸からの米も茶も扱っていません。それは確かなようです」

朝飯を口に押し込みながら、源之助は言った。とはいえこのままでは、江戸へ帰れない。

「羽越屋や福地屋の名も出ませんでしたね」

困惑顔の植村は、昨日の聞き込みの様子を振り返っているらしかった。

「屋号を変えて、荷を送るというのもありそうですが」

源之助は、可能性を考えてみた。しかし長作が口利きをしたとしたら、屋号を変える必要はなさそうだった。とはいえ、不正の品と分かっていてのことならば別だ。

今のところ、長作は悪事に関わっていないという考えだ。

そう考えると、古河まで出てきたことが無駄だった気がし始めた。

「長作や次作には、関戸屋とは異なる縁者や知り合いが、どこかにいるのではないでしょうか」

「なるほど」

植村に言われて、それはあるかもしれないと思いついた。十歳かそこらで奉公に出たとしても、長作は商いのために古河へは何度も来ていた。

「今日は、そこを当たりましょう」

思いがけないところに、口利きをしている者がいるかもしれない。そこで食事を済ませた源之助は、植村と共に関戸屋へ行った。

昨日話を聞いた手代ではなく、番頭に問いかけた。

「ええ。長作さんは、弟の次作さんを話題にすることがありました。ただ弟さんが、こちらへ出てきていたかどうかは存じませんが」

とはいえ長作が前回やって来た頃には、下妻藩が緑苑を仕入れる話はまだ出ていなかった。

「では、こちらで親しくしている者はおらぬだろうか」

「それならば、丸茂屋《まるも》という旅籠でしょうか」

そこの主人は長作だけでなく、次作とも幼馴染なのだとか。長作は宿泊先として利用しているそうな。

早速、源之助は植村と共に丸茂屋へ出向いた。

「立派な旅籠ではないですか」

間口が七間（約十二・六メートル）あった。主人が植村の問いかけに答えた。

「長作がこちらへ来たときは、いつも酒を飲みます」

「この一、二か月で、文が来たことはないか」

「ありません」

植村は気落ちした様子も見せず、問いかけを続ける。

「では長作の口から、古河城下とその周辺で米や茶の商いをする者の名が出たことはないか」

「さあ、聞いたような気もしますが」

はっきりはしない。そこで他にも、親しくしていた者がいないか訊いた。教えられたのは畳職の親方だが、出向くと遠方の村へ仕事に出ていた。そこで留守をしていた女房に、地廻りの葉茶屋が知り合いにないか尋ねた。

「それならば、越名馬門河岸《こえなまかどかし》の小柴屋《こしば》さんじゃないですかね」

渡良瀬川支流の秋山川《あきやま》にある河岸場だ。小柴屋と親しくしているのは畳職の親方だったが、長作だけでなく次作も知り合いだと告げた。

「それですね」

源之助と植村は、顔を見合わせた。越名馬門河岸へ向かった。

越名馬門河岸は、流域の河岸場としては扱い量は多いというが、古河と比べれば鄙《ひな》びた河岸場だった。赤城の山々が、近くなった。

源之助と植村は、小柴屋の店の前に立った。

近所で訊くと、小柴屋は渡良瀬川や秋山川流域の村で葉茶の販売をしているのだとか。早速、店にいた主人に源之助が問いかけをした。

「先月の半ばくらいでしょうか。ひょっこり、次作さんが姿を見せました」

「ほう」

これは初めて知ることだ。調べ切れていなかった。

「久しぶりに会いましたよ。長作さんから噂は聞いていましたが、立派になっていて驚きました」

小僧として、この地を離れたとき以来だ。顔を見ても、名乗られるまでは分からなかった。

次作は勝負をかけて、生まれ在所のこの地まで出向いてきたのだ。

「緑苑を仕入れないか、という話だったのだな」

「見本の茶葉を持ってきていて、五百二十斤を仕入れないかという話でした」

奪った分の、およそ八割の量になる。その時点ですでに、奪うことを考えていたことになる。

「それで、どういたしたのか」

責める口調にはしない。

「飲んでみましたら、なかなかの品でした」

「うむ」

それは分かっている。茶を商う者ならば、飲めば価値が分かるだろう。

「不作が続いても、大地主の方々は違います」

銭はあるところにはあって、道楽や趣向のためには惜しまず出す。

「飲ませてみたわけだな」

「はい。その上でお求めになるとおっしゃいました」

大地主たちは、値のことは言わなかったそうな。

「では、仕入れることにしたのか」

「今回だけでなく、これからもというお話でした」

不満な気配はなかった。実兄の長作は、繰綿問屋羽越屋の番頭として、信用の置ける者だった。次作はその弟で、幼馴染である。

商いの相手としては、疑う余地はなかった。

「いくらで、仕入れるのか」

これは聞いておきたい。

「一斤、銀三十二匁でございます」

「ずいぶん、高いな」

儲けるだろうとは見ていたが、予想を超える額で仰天した。

下妻藩は、遠州の地廻り問屋から一斤を銀十六匁で六百三十斤仕入れた。これを江戸の福地屋に二十二匁で卸すことにしていた。そして福地屋は、渡良瀬川の支流の河岸場で、一斤を銀三十二匁で売ろうとしている。

「暴利ではないか」

源之助は漏らした。地元の問屋は、福地屋の仕入れ値を知らない。

「高いとは存じますが、うちがさらに利を載せても、お求めになる方があります」

だから次作の話に乗ったのだ。

次作はこの件を、四郎兵衛にしか話していなかったのだろう。手代たちはまったく知らなかった。

「ううむ」

植村が呻いた。遠州茶が、ここまで輸送されることは珍しい。そこに目をつけた阿《あ》漕《こぎ》な商いだ。

「では、売買の約定は、交わしたのだな」

「はい。今月になって、こちらの番頭が江戸に出ました折に、約定を交わしました」

福地屋に出入りする商人は多かった。四郎兵衛や次作が出て行くだけでなく、商いの相手も訪ねて来る。

「では間違いなく、緑苑は届くのだな」

「はい。数日遅れることがあるにしても、今月中には届くというお話でした」

後ろめたさも、怯《おび》えた様子もない。正式な商いだと受け取っている様子だった。だからこそ、話せたのだろう。

「荷の送られてくる日にちは、いつか」

「次作さんから知らせてくるはずですが、まだそれはありません」

まだ荷は江戸に置いてある模様だが、運び出すのはこの数日のことだと察せられた。

「儲けられるのは、幸いです」

主人は満足そうな笑みを浮かべて言った。

小柴屋の店から出て、源之助は植村と話した。

「大きく遅れるわけなどありません」

「そうですね。緑苑は、すでにやつらの手にあるわけですから」

源之助の言葉に、植村が返した。これで福地屋が扶持米と緑苑の強奪に関わったことは明らかになった。

「すぐに正紀様のもとへ、伝えなければなるまい」

源之助が、越名馬門河岸から関宿に向かう荷船に乗り込むことにした。一刻も早く、正紀に知らせなくてはならない。

植村は残って、江戸の次作から知らせが来るのを待つことにした。それで江戸からの出荷の日取りが分かる。

知らせが来たら、植村はすぐに江戸へ向かう段取りとした。

六

下妻藩の飯山は、竹内と梶谷の動きをずっと見張っていた。梶谷は勘定方だから、役目として屋敷を出ることは少なかった。

とはいえまったく屋敷から出ないわけではなかった。

二日に一度、長沼《ながぬま》流の道場に通っていた。勤番で江戸へ出てくる前から、なかなかの遣い手だというのは、藩内では知られている。

飯山は梶谷が外出するたびにつけたが、寄り道をすることもなく帰ってきていた。

「今は何もないが、あやつはこの数日のうちに、必ず何かの動きをする」

そう信じて見張っていた。

公然と口にする者はいないが、藩内での正広に対する見方が変わってきている。

「新田開発もうまくいかず、茶の買い入れもしくじりそうだ」

「あれで藩の財政改革が、できるのであろうか」

そういう内輪話を、飯山はつい先日も耳にした。

それらの腹立たしい思いだった。少ないが、いまだに正棠を信奉する老臣もいた。それらの者が、まことしやかな口ぶりで、若い藩士たちに耳打ちをする。

そしてこの日も、梶谷は剣術の稽古に出た。飯山はつけたが、今日は稽古の後ですぐに上屋敷に戻らなかった。

「いよいよだな」

と思って、後をつけた。ところが途中で声をかけられた。

「おお、飯山殿ではないか。何をしておる」

正棠派の下妻藩士二名だった。

「いや、ちと」

「そこもと、近頃いつも屋敷にいるな。緑苑を捜しに外へは出ぬのか」

「いや出ているぞ。今日もそうだ」

梶谷をつけていたとは言えないので、そう答えた。

「さようか。ならば精を出していただこう」

と告げられた。

「おまえらだって下妻藩士ではないか。捜すならばおまえらも同じだろう」

と思ったが、黙っていた。言い争っても、何の得にもならない。解放されたときには、梶谷の姿は見えなくなっていた。

「そうか」

つけたつもりが、つけられていたのだと気がついた。向こうは、つけられないように手を打ったのだ。

待ちに待った好機を逃してしまった。

「どうしたらよいのか」

飯山は思案した。見張りをしていながらしくじった。絶望的な気持ちになった。けれども思い当たった。

「会う相手は、日下部か福地屋の四郎兵衛か次作だろう」

確信に近いものだ。それで福地屋がある日本橋北鞘町へ向かった。向かう途中で、向こうから歩いてくる次作を目にして、飯山は物陰に身を隠した。

「やはり」

そのまま、次作の後をつけた。

次作が行き着いた場所は、京橋の荒物《あらもの》屋だった。

「ここは、下妻藩出入りの店ではないか」

藩士ならば、それくらいのことは分かる。店に入った次作だが、なかなか出てくる気配はなかった。店の様子に変化はない。

しばらくは様子を窺《うかが》うことにした。誰か現れるかもしれない。

誰も現れないうちに四半刻ほどが過ぎた。その間、客の出入りはあった。そして次作がまた一人で店から出てきた。

そのまま、通りを歩いて行った。後をつけようと思ったが、ここで誰かと会ったのは間違いなかった。その相手が出てくるのを待つことにした。

出てきたのは、先ほど見失った梶谷だった。

梶谷が去った後で、飯山は荒物屋の小僧に問いかけた。この小僧は、知らない顔だった。

「今、帰っていったのは下妻藩の者だな」

「そうです」

「藩から何かのご用命があったのか」

「いえ。そうではありません」

「では、何があったのか」

内緒だぞと告げて、飯山は小僧に小銭を握らせた。小僧はわずかに迷う表情をしたが答えた。

「離れの部屋で、お話をしていました」

梶谷と次作の二人だけだった。話した内容は知るべくもないが、緑苑に関わる重要なことなのは確かだと思った。

源之助が一人で古河から戻ってきたのは、江戸を出て四日目の日暮れた頃だった。

正紀と佐名木は、かの地での出来事について報告を受けた。

「おお、待っていたぞ」

「そうか。よく調べたな」

正紀は源之助をねぎらった。

「いよいよ、荷が動きますな」

佐名木が続けた。次作と梶谷は、その打ち合わせをしたとの判断だ。扶持米は不明だが、緑苑は越名馬門河岸へ運ばれる。

正紀は昨日、正広から伝えられた、京橋の荒物屋の離れで梶谷と次作が密談した話を教えた。

「緑苑を運び出すための打ち合わせですね」

「そうに違いない」

向こうの動きが見えてきた。

「とはいえ、荷の置き場は分からぬままでござる」

「そうだな。運ぶ船問屋も不明なままだな」

佐名木の言葉に正紀が返した。まだ解決にはほど遠かった。

第五章　追う小舟

一

翌日は曇天で、朝から風の強い日だった。枯れ落ち葉が、庭を転がった。

この日も藩主でなければならない用事だけを済ませた正紀は、後を佐名木に任せた。源之助を伴って高岡藩上屋敷を出た。

源之助は旅の疲れを見せなかった。

「植村殿は、気合が入っておりました」

「そうか」

切腹の話はしていないが、何かを感じているかもしれなかった。植村に厳しい眼差しを向ける藩士が、増えていることは間違いない。

「藩士の中には、本家から切腹の話を聞いた者がいるやもしれませぬ」

京が言っていた。侍女の中にも、本家や下妻藩に縁のある者がいる。京は耳聡《みみざと》い。

「ないとは言えぬな」

正紀は京と佐名木にしか伝えていないが、どこからどう伝わるか分からない。

「喜世の耳に入ったら、案ずることと存じます」

京は顔を曇らせた。

「見る限り、喜世殿に変わった気配はありませぬが」

源之助は言った。昨日のうちに、御長屋へ行って喜世に会ってきた。伝えられる範囲で、古河での植村の様子を話したのである。

案じているだろうとの配慮からだ。その折の様子では、喜世は落ち着いて話を聞いたそうな。

「今頃あやつは、落ち着かぬ思いで、越名馬門河岸の小柴屋へ次作からの文が届くのを待っていることであろう」

正紀は呟いた。二人が向かうのは、深川伊勢崎《いせざき》町の船問屋濱口屋本家である。

幸次郎が商う分家はご府内のみの輸送だが、濱口屋本家は、もっぱら関宿の先の利根川流域など遠距離の荷を運ぶ。そのあたりの事情に詳しいから、古河城下への輸送について話を聞くつもりだった。

「古河へ運ぶのは緑苑だけでなく、百四十俵の扶持米もでしょうか」

歩きながら、源之助が口にした。

「扶持米は、事が済んだ後で必要になるものだ。そのままもうしばらく置いておくのではないか」

古河で売る気配はなかった。話に出たのは、緑苑だけだった。

「繁松様を失脚させた後で、浦川様が、藩士たちのために用意をしたとかいう形にするわけですね」

「うむ。その辺だろう」

「自分で仕掛けて、自分でまた出すとは、卑怯なやり方です」

源之助は憤《いきどお》っている。やつらはそれで繁松を失脚させ、植村や飯山の腹を切らせるつもりだ。正紀にしても、怒りの気持ちは大きい。

仙台堀を吹き抜ける風は冷たかったが、船頭や水主たちの掛け声は威勢がよかった。

正紀と源之助は、伊勢崎町の濱口屋の敷居を跨《また》いだ。

店には幸右衛門の姿があって、気持ちよく迎えてくれた。

「ようこそお越しくださいました」

熱い茶を出してくれたのは、ありがたかった。

扶持米と緑苑を奪われた一件については、幸次郎から伝えられているはずだった。

船問屋が荷を奪われたとなると、依頼する者が減る。商いに支障をきたすが、浜松藩と下妻藩の出来事だったので、外に漏れることはなかった。

濱口屋分家の商いは順調だ。

浦川や竹内、福地屋にしても、外へ漏れるようなことはしないはずだ。高岡藩も含めて、井上一門の出来事として扱われている。漏れて得をする者はいなかった。

「まだ荷の行方は、知れないようで」

幸右衛門は問いかけてきた。案じる口ぶりだった。

正紀は古河城下や越名馬門河岸のことも含めて探索の詳細を伝えた。奪った緑苑の二割ほどが江戸に残され、あとは秋山川や渡良瀬川の流域で売られるという話だ。

「そこまで離れれば、盗品だと気づく者はいませんね」

「したたかなやつらだ」

「問題は、五百二十斤の茶をどう運ぶかでございますな」

「そういうことだ。福地屋が日頃使っている船問屋は、使わない模様だ」

「使えば、疑われますからね」

「新たに雇うのは、容易いのであろうか」

「新米輸送の時季ですから、江戸へ向かう船は手当てが難しいと存じます」

あらかたの船問屋では、すでに輸送の約定が調《ととの》えられている。新米の輸送は、毎年のことだからだ。

「では江戸からの荷船はどうか」

「それならば、得られやすいでしょうね。盗品でなければ、うちも運びたいくらいです」

船問屋の船は、往路なり復路なりを空船にして航行することはしない。船を出した以上、帰りの船も荷を積むために客を探す。片道分が、無駄になるからだ。

「では、どこの船問屋を使うか捜すのは難しそうだな」

正紀はため息を吐いた。もう少しのところまで来ているが、その少しが近づけない。

「大川橋の先まで、すでにお調べになったのでございますね」

「いかにも」

南本所石原町の入り堀近くの船着場から、奪われた濱口屋分家の荷船は放された。

「ならば荷は、そのあたりにはないのかもしれませんね」

「ううむ」

「古河へ運ぶとするならば、大川のあたりは不便でございます」

荒川《あらかわ》の流れにあるわけだから、江戸川に出るには、小名木川や竪川《たてかわ》などを使わなくてはならないという話だ。

「奪った荷を置いたのは、小名木川河岸あたりと考えるべきだな」

古河へ運ぶとは予想もしていなかったし、浜松藩の中屋敷と下妻藩の下屋敷が河岸の傍にあるので、まさかということで早いうちに可能性を消していた。

「分家の船を、わざわざ南本所石原町の入り堀あたりで放ったのは、我らの目を小名木川河岸へ向けさせないためだったのですね」

悔し気な顔で源之助が言った。さらに幸右衛門は、何かを思いついたように問いかけてきた。

「緑苑を奪ったとされる福地屋は、その屋号で荷を運ぶわけではないでしょうね」

「それはそうだ」

万一疑われることがあったら、どこから仕入れた品かという話になる。

「だとすると老舗の船問屋は、得体の知れないところの荷は運ばないと存じます」

「なるほど」

「銭になるならば、どのような荷でも運ぶという者だな」

「そうなります」

ならばだいぶ絞《しぼ》られる。

「しかし江戸の船問屋とは限りません。関宿あたりの船問屋や、一人で船を持って荷運びをする者もおります」

「うむ」

ともあれ幸右衛門が知る限りで、緑苑を運びそうな船問屋や船頭の名を挙げてもらった。

その足で正紀と源之助は、当たれるところを当たったが、該当する者はいなかった。

「荷が混んでいますからね。しばらくは戻ってきませんよ」
二、三人の水主を使い、一人で輸送をしている者にとっては、新米が出る時季は稼ぎどきだ。遠方に出ていて、確かめられない荷船は珍しくなかった。

二

源之助が江戸へ向かった翌日、越名馬門河岸に一人残った植村は、葉茶の地廻り問屋小柴屋を見張った。見張るといっても、店の手代には小銭を与えていて、悪い関係ではなかった。藩のための違う用事でこの河岸場にいると伝えていた。

船着場には、様々な荷を積んだ大小の荷船が到着する。荷の到着についての文は、どういう形で届くのかは分からない。

見張っているのは自分だけだから、緊張した。

この役目を果たせなかったら、高岡藩と正紀の評判を大きく落とすと分かっていた。浦川や正棠らの企みを、成就《じょうじゅ》させてしまう。亡くなった二名も浮かばれない。

「そうなれば、腹を切るしかないぞ」

と思う。襲われた船に乗っていて、自分だけが生き残った。

とはいえ煮え切らないものが、胸の奥にあった。腹を切るにあたって、それが二月《ふたつき》前ならば、どうということもなく受け入れられた。

しかし今は、喜世の顔が頭に浮かぶ。

「あの女子《おなご》を、悲しませることはできない」

植村の胸を覆うのはそれだ。藩邸の御長屋を出る前に、喜世は数呼吸する間、植村の胸に顔を埋めた。

米と茶の輸送の一件があってから、冷ややかな目を向けられるのは自分だけではなかった。喜世は苦情を口にしないが、堪《こら》えているのは分かる。もし自分が腹を切ったら、頼る者はいなくなる。

四谷に実家はあるが、すでに居場所はなくなっていた。

「おれは死ねない」

と思うのだ。腹を切ることが怖くなった。自分は臆病だと、そんなふうに考えるのは初めてだった。

身一つではないことの意味を、知らされたのである。

だからこそ、小柴屋への江戸からの文を見逃すわけにはいかなかった。彼方に赤城の連峰《れんぽう》が見える。燃えるような紅葉が、胸に痛く感じられた。

この日何艘目かの荷船が、越名馬門河岸の船着場に着いた。九つ（正午）の頃だ。関宿から、醬油樽を積んできていた。植村は荷下ろしの様子を見つめた。

荷を下ろした後、船頭は小柴屋へ足を向けた。

「おっ」

いよいよ来たかと胸を高ぶらせながら様子を窺った。

荷船に戻った船頭は、さらに上流の河岸場へ船を向けた。植村は、何事もないような顔で馴染みになった手代に近づいた。

「いよいよ、茶が届くのではないか」

「はい。お分かりですか」

「そなたの顔に、張りが出た」

「さようで」

「うむ。商いに対する熱がある。そなたのような手代がいるのは、小柴屋にとって幸いなことだ」

植村にしてみれば、精いっぱいの賛辞だった。

「いやあ」

照れた笑みを浮かべた。そこで植村は、江戸からの文の内容について尋ねた。

「二十五日の夕刻に、荷は向こうを出るようです」

荷船の用意ができたということだ。

「江戸のどこから運ばれるのであろうか」

「さあ。ただ荷は事情があって福地屋ではなく、岩田《いわた》屋という屋号で運ばれるとか」

これはまあそうだろうと思った。奪った品である。

「船問屋は、どこのものか」

「仁八郎《にはちろう》という小名木川河岸海辺大工町《うみべだいくちょう》の船頭だとあります」

輸送の船には、次作が同乗してくるとか。

「そうか、小名木川か」

浜松藩の中屋敷や下妻藩の下屋敷が近くにあるため、奪われた荷の置き場所として、早々に可能性を消していた川だ。

「もしその近くに米や茶が置かれていたのならば、いくら大川橋界隈を捜しても、荷に出会えるわけがなかった」

胸の内で呟いた。

小名木川河岸は広い。ただここまで分かれば、江戸へ戻ることができると思った。二十五日の夕刻に船が出るならば、その前に捜し出さなくてはならない。船問屋の船が荷を運ぶのではないと分かったのは大きかった。

植村は、川を下る荷船を待った。

「早く来い」

気持ちが急《せ》いた。待つとなると、なかなか船が来ない。

半刻（一時間）ほどして、植村は越名馬門河岸から関宿に向かう薪炭《しんたん》を積んだ荷船に乗り込むことができた。

昼八つ半（午後三時）過ぎである。

関宿の船着場に着くと、新米を積んだ荷船が江戸に向かおうとしていた。船頭に頼み込んで乗せてもらった。

新米と植村を乗せた荷船は、関宿を出た。

植村が江戸に着いたのは、二十四日のそろそろ暮れ六つの鐘が鳴ろうかという頃だった。江戸の町明かりが、懐かしく感じられた。

上陸した植村は、高岡藩上屋敷へ向かって駆けた。


「そうか、植村が戻ってまいったか」

知らせを聞いた正紀は、声を上げた。佐名木と源之助を交《まじ》えて、御座所で旅姿のままの植村に会った。

越名馬門河岸での出来事について、報告を受けた。

「いよいよ、緑苑が動くわけだな」

「ははっ」

正広と繁松にこの件を伝えるべく、浜松藩と下妻藩に縁筋のない者を選んで走らせた。藩邸には日下部や梶谷がいる。

こちらの動きに気づかれてはならなかった。

「日下部と梶谷は、必ず動きますな」

佐名木が言った。

「明日が勝負でございますね」

「うむ、早朝から小名木川筋へ向かうぞ」

源之助の言葉に正紀が返した。仁八郎という名の船頭を捜さなくてはならない。

「喜世に、無事の姿を見せてやるのがよかろう」

「はあ」

正紀が言うと、植村はわずかに照れた表情で返事をした。

三

東の空が、わずかに赤みを帯びてきた。正紀は源之助と植村を伴って、高岡藩上屋敷を出た。

「植村と喜世を、守ってくださいませ」

部屋を出る前に、京が言った。

「うむ。それがおれの願いだ」

正紀はそう返した。

源之助と植村を供にした正紀は、昨夜のうちに連絡をしていた神田川柳橋《やなぎばし》に近い船宿へ向かう。ここで小舟を借り出すことにしていた。目立つので、他の家臣は連れない。

「日下部や梶谷、次作らは今日こそ動きます」

確信している、植村の言葉だった。

「うむ。やつらが動けば、見張っている末野や飯山がつけることになっている」

「正広様や繁松殿も動きますね」

「二人はそれぞれ腹心の配下を伴い、汐留川河岸の濱口屋分家に足を向ける。ここで百四十俵を積める荷船を仕立てて、小名木川へ出る」

「中川御番所《なかがわごばんしょ》で見張っていただくわけですね」

「そうだ。我らが取り逃がした場合を踏まえてのことだ」

次作は仁八郎の荷船に乗る。正広は、その顔を見ていた。小名木川は東西に延びた川で、中川に出る東の外れに中川御番所があった。そこで見張りをする。万一正紀らが見逃しても、そこで食い止めることができるという考えだ。

今日こそ、奪われた品を取り返す決意だ。

「茶葉五百二十斤を運び出すには、それなりに手間がかかる」

「荷積みの折に、やつらを見つけることができるかどうかだと存じます」

源之助が応じた。歩いているうちに、あたりが明るくなった。

三人は、柳橋下の船着場に立った。小舟の艪《ろ》を握るのは植村だ。乗り込むと、すぐに小舟は川面を滑り出た。

艪を操りながら、植村が言った。

「関宿へ運ぶために、いずれは小名木川に出るにしても、荷を置いた納屋はその他の川や掘割かもしれません」

「それもあるな」

まずは、海辺大工町の船頭仁八郎を捜さなくてはならない。

「ああ、仁八郎ならば知っていますよ」

小名木川に架かる万年橋近くの船着場で、荷船の掃除をしていた船頭らしい老人に問いかけると、求めていた答えが返ってきた。二人目の問いかけだった。

町と名が分かっていたのは幸いだった。

「仁八郎はいつも、どこの船着場を使うのか」

「あそこですよ」

指さした先に、荷船はなかった。荷運びに出ているらしい。それで仁八郎について尋ねた。

「二、三年前に古い荷船を手に入れて、若い衆二人を使って、江戸と関宿あたりを行き来しておりやす」

大きな船問屋にはかなうべくもないが、どうにか仕事はあるらしい。とはいえ、二、三日、荷船が船着場に横付けされたままになっていることもあるそうな。

住まいを聞いて行った。戻るのを待つつもりはない。

植村が声をかけると、中年の肥えた女が出てきた。仁八郎の女房だと確かめてから問いかけた。

「うちの亭主は、関宿へ行っています」

そろそろ戻るはずだが、まだ戻ってきていないのだとか。

「今夕には、また江戸から荷を運ぶのではないか」

「そうです」

「荷主は分かるな」

「岩田屋さんですね」

女房は棚にあった綴《つづ》りを手に取って、目をやりながら答えた。乱暴な文字が並んでいる。

「どこから運ぶのか」

「荷のあるところだと思いますが」

「その場所を、話していなかったのか」

問いかける植村の声が、わずかに苛立っていた。

「言っていたかもしれませんが」

記憶にないらしかった。綴りにも、江戸を発つというだけで場所は記されていなかった。日々の仕事の一つに過ぎないから、女房の関心は薄かったのかもしれない。

「次の出航前に、一度はここへ戻るのであろう」

「急ぎならば、戻らないこともあります」

ならばここで待つしかないと考えたが、待ちぼうけを食う虞《おそれ》があった。とはいえ仁八郎が戻らなければ、納屋の場所は分からない。

「くそっ」

植村が吐き捨てるように言った。

下妻藩上屋敷に残っている飯山は、竹内と梶谷の動きを見張っていた。正広はすでに屋敷を出ている。遠縁の旗本屋敷を訪ねるという形にしていた。緑苑を積んだ船が江戸を出ることは、知らないと思わせる。

竹内と梶谷は、なかなか動く様子を見せない。じりじりしながら、飯山は様子を見ていた。

そして八つ（午後二時）に近い刻限になって、飯山は竹内に呼ばれた。

「出かけるので、ついてまいれ」

と告げられた。

「はっ」

供を命じられるのは意外だった。そういう声は、近頃かからなくなった。とはいえ動きを探るのには、都合がいいと考えた。

伴われて行った先は、浜松藩上屋敷だった。竹内は馬を使ったので、中間が轡《くつわ》を取った。

道中何か言うかと思ったが、何も話はしなかった。

「ここで待て」

一室に入ると、竹内が言った。何があるのかと、一人で待った。しかし一刻ほどしても、何の音沙汰《おとさた》もなかった。

「おかしいぞ」

浜松藩士に訊くと、竹内は下妻藩邸へ戻ったと聞かされた。

「くそっ」

嵌《は》められたと気がついた。

慌てて下妻藩上屋敷に戻ると、梶谷は案の定外出していた。


末野は、日下部の動きを見張っていた。繁松は、すでに屋敷を出た。飯山が前に他の者に、後をつける邪魔をされたと聞いていたので、屋敷の外で見張った。近くの辻番小屋から、日下部が出るのを待ったのである。裏門から出ることも考えたので、そちらは繁松の腹心の藩士が見張っていた。

汐留川の西の外れ、御堀に出る土橋《どばし》近くの船着場には、小舟を舫《もや》っていた。日下部は舟を使うかもしれないと考えたからだ。

長屋門の潜《くぐ》り戸《ど》からは、藩士や中間などの出入りはあった。しかし九つ（正午）を過ぎても日下部は現れない。

じりじりして待ったが、八つ半（午後三時）頃になって、ようやく日下部が姿を見せた。もう一人、浦川派の藩士と一緒だった。

「よし」

末野は意気込んでつけた。御堀際の道を、東へ向かって歩いて行く。日下部らは予想通り、土橋を過ぎたところで、汐留川の船着場に降りた。

舫ってあった小舟に乗り込んだ。小舟がしばらく進んだところで、末野は船着場へ降りた。

「あっ」

このためにと、舫っていた小舟に乗ろうとして声を上げた。舫っていた場所から、舟が姿を消していた。

結んでおいた艫綱《ともづな》が、外されたらしい。流された小舟は、対岸の杭に引っかかっていた。

末野の動きは、逆に見張られていたらしかった。

「おのれ」

対岸に回って小舟を引き寄せる。多少の手間がかかった。

ようやく乗り込み、日下部の小舟を追おうとした。しかし汐留川には、たくさんの荷船が行き来している。荷下ろしをしている者もあった。思ったように追いかけられない。

目指す小舟は、広い大川に出てしまっていた。

四

「どうしましょうか」

仁八郎の船着場に立って、途方に暮れたような顔で源之助は言った。日が沈むにはまだしばらくの間があるが、次に何をすればいいか迷っている様子だった。

正紀にしても、困惑はあった。

川岸には、いくつもの納屋がある。扶持米と緑苑を収められる場所はあるが、一つ一つ当たるとなると一日では済まない。

「仁八郎は、二人の若い衆を使っているとのことでした。どちらかの家の者が、話を聞いていないでしょうか」

「そうだな、確かめよう」

植村の言葉に、正紀が返した。仁八郎の女房から、二人の住まいを聞いた。同じ町内の裏長屋である。

若い衆の片方は、一人暮らしだった。荷船の話をする相手はいない。念のため同じ長屋の住人に尋ねたが、耳にしている者はいなかった。

もう一人には、母親がいた。隣の長屋だった。

「竪川、新辻橋《しんつじ》あたりだと聞いた気がするけど」

「そうか」

植村の顔がほころんだ。竪川と大横川《おおよこがわ》が交差するあたりだ。おぼろげな記憶らしいが、そんなことを口にしていたとか。

ともあれ行ってみる。正紀らは、舫《もや》っていた小舟に乗り込んだ。

小名木川を東に向かって進み、大横川に出合ったところで左折してさらに北へ進む。深川といっても東の外れで、このあたりまで来るとだいぶ鄙《ひな》びた景色になる。

大横川が竪川と交差する十数間ほど手前のところで、正紀は乗って来た小舟を停めるように命じた。新辻橋に近いところだと、怪しまれる。

三人は、河岸の道に降り立った。

大横川の東で竪川の南河岸に当たる柳原《やなぎはら》町三丁目に、古い納屋があった。大きくはないが、百四十俵の米と六百三十斤の茶ならば充分に納められる建物だった。

「おお」

植村と源之助は目を輝かせた。まだ人気《ひとけ》はないので、傍《そば》まで行った。

番人はいないので検《あらた》めようとするが、錠前がかかっていて戸は開けられない。植村と源之助が、鼻をくんくんとさせた。

「茶のにおいがするような気がします」

源之助は言ったが、植村は首を傾げた。

正紀は近所のしもた屋の前にいた隠居ふうに尋ねた。

「この納屋の荷は、いつ頃に入ったものか」

「今月の十日あたりに、米俵と何かの荷が運び込まれていたような」

との答えが返ってきた。

米俵と「何かの荷」というところが、いかにもそれらしい。離れたところから、納屋を見張ることにした。誰も、他を捜そうとは言わない。

「必ず次作は現れます。三人一緒かもしれません」

「荷を移すわけですから、それなりの人数が現れるはずです」

源之助の言葉に、植村が続けた。たまに人が橋を渡ってゆく。しかしそれらの者は、納屋に目を向けることはなかった。

西空が、朱の色を濃くしてきた。それでも新辻橋の周辺には、新たな人影は現れない。

「次作あたりが、そろそろ現れてもよいはずですが」

焦《じ》れたような口調で、源之助が言った。

「どこか他の場所で、荷積みがなされているのでしょうか」

植村も、心細げな口調になった。正紀にしても不安はあった。この機会を逃すと、荷を奪い返すことが難しくなる。このまま来月になれば、植村に腹を切らせなくてはならなかった。

喜世を悲しませるが、それだけでは済まない。正紀にとっても耐え難いことだし、藩内でも正紀は家臣を守れない主君となる。

またこれは井上一門の問題でもあり、老中松平信明が絡んでいた。尾張対定信の政争にも影響を及ぼす。

「事ここに至れば、待つしかあるまい」

正紀の言葉に、源之助と植村は頷いた。

「おや、河岸の道を人が来ます」

源之助が指をさした。次作だった。

「おおっ」

声を上げそうになった源之助が、口を押さえた。植村が、音を立てて唾《つば》を呑み込んだ。

次作は納屋の前までやって来て立ち止まった。荷船はまだ現れないが、次作は錠前を開けた。

提灯《ちょうちん》で、納屋の中を照らした。淡い光が、置かれている荷を照らした。

「あれはやはり、奪われた茶ですね」

植村が緊張の声を漏らした。納屋の奥には、米俵が積まれているのも確かめられた。

荷船が現れたら、すぐに積み込む腹だ。深編笠の侍四人を乗せた小舟が近寄ってきた。

「日下部と梶谷らですね」

源之助が呟いた。侍たちは、顔に布を巻いている。舟から降りた四人は、納屋の前に立った。そして頷き合った。

五人は茶とおぼしい荷を、外へ運び出した。船着場へ積んでいく。葉茶は、米俵のような重さはない。

人を使わないのは、話が漏れるのを防ぐためか。藩士でさえ大勢を使わないのは、事を大きくしたくない思惑があるからだろう。

「飯山殿と末野殿は、どうしたのでしょうか」

植村が漏らした。目を凝らしたが、どこにいるのか分からない。

川端がすっかり薄闇に覆われた頃、空の荷船が現れた。仁八郎のものに違いない。

すぐに荷積みが始まった。荷積みには、二人の水主も加わった。

船に載せたのは、茶とおぼしい荷だけだった。予想通り、二割ほどの茶とすべての米俵は残したままだった。次作は納屋の戸を閉めると、錠前をかけた。

正紀としては、船ごと奪うつもりだ。

「飯山殿と末野殿が見えませんね」

植村がまた呟いた。いよいよ襲いかかる段になって、現れないのが気になるらしかった。

相手は侍四人と、次作だ。一人でも取り逃がしてはならないという気持ちが伝わってくる。自信がないとか、怖気《おじけ》づいているのとは違うだろう。

「行くぞ」

積み終わって侍や次作が荷船に乗り込もうとしたところで、正紀は声をかけた。刀の鯉口《こいぐち》を切って、飛び出した。

植村と源之助が、これに続く。植村は、小舟から外した艪を手に持っていた。剣術が駄目な植村は、この方が怪力を役立てることができる。

「扶持米と緑苑を奪った盗賊どもめ」

正紀が叫んだ。すると五人は、驚きの顔を向けた。そしてすぐに、荷船に乗り込もうとした。

逃がすわけにはいかない。正紀ら三人は、荷船に駆け寄った。

最後に乗り込もうとしている侍に、源之助が斬りかかった。

「やっ」

侍は避けて刀を抜いた。正紀はもう一人に斬りかかろうとしたが、船の中に逃げ込まれた。

争うよりも、荷を持ち去ることを大事としていた。

正紀も乗り込もうとしたところで、荷船と船着場の間に渡していた板が外された。

さらに船を繋ぐ艫綱《ともづな》が、切り落とされた。

「うわっ」

源之助が、残った一人を斬り倒した。

しかし緑苑を積んだ荷船は、それで出航してしまった。薄闇の中を、西日を受けた荷船が東へ向かって進んでゆく。

五

「舟で追うぞ」

正紀は叫んだ。斬り捨てた者の顔を検める間も惜しかった。大横川に舫っていた小舟に、三人は乗り込んだ。

竪川も小名木川と並行して、まっすぐに東西に流れて、東側は中川に出る。そのまま川下へ行けば、江戸川に通じる新川に出られる。次助らは、この航路を選んだのだ。中川の東河岸を下れば、正広や繁松が待機する中川御番所からは離れたところを通過することになる。

「おのれっ」

正紀は奥歯を嚙みしめた。

彼方に霞《かす》む船影が、追う小舟が揺れてときに見えなくなる。目を凝らした。見逃すわけにはいかない。

植村が必死に漕ぐが、なかなか距離が縮まらなかった。

背後からの西日の光が、徐々に弱くなった。ついに日が落ちて、闇が濃くなった。

荷船の姿が、さらに見えにくくなった。とはいえまっすぐな川筋だから、中川に出るまでは紛《まぎ》れることはない。

追い続けるだけだった。

舟には、いざというときのために、龕灯《がんどう》や鉤縄《かぎなわ》も用意していた。源之助が、龕灯に火を灯《とも》した。

植村の腕に、力がこもった。艪捌《ろさば》きの勘が戻ったらしかった。

「船尾が、見えてきたぞ」

正紀が声を上げた。徐々に近づいてゆく気配だ。源之助が、龕灯で船尾を照らした。

さらに距離が縮まった。ついに荷船の横腹まで辿り着いた。

「とうっ」

正紀は、船端に鉤縄を投げた。鉤は闇を飛んで、船端にかかった。それでこちらの舟が、一気に近寄った。

源之助が乗り移ろうとする。気づいた侍が、縄を切ろうとした。

そうはさせじと、正紀はその侍に向けて小柄《こづか》を投げた。それは侍の手の甲を掠った。体がぐらついて、縄を切ることができなかった。

まず源之助が、荷船に乗り込んだ。荷を積んでいるので、数は向こうが多くても囲むことができない。その隙に正紀も乗り込んだ。

正紀は積まれた荷の船尾側へ向かって立ち、侍たちに切っ先を向けた。そして植村も、荷船に乗り込んだことを確認した。

相手の侍は三人だ。正紀と源之助、そして植村は、一人ずつ顔に布を巻いた侍と対峙した。

「ご覚悟」

正紀の相手をした侍が、上段から刀身を振り下ろしてきた。船上で足場が揺れるが、それを気にする気配はなかった。

正紀はその一撃を横に払って、相手の肩を突こうとした。殺す気はないが、二度と刀を握れなくなるくらいの怪我はかまわないと思っていた。

しかし相手は、こちらの動きを察していたかのように後ろへ身を引き、正紀の刀身を撥ね上げた。見事な瞬発力だった。

そして次の瞬間には、切っ先をこちらに向けていた。

正紀はそれで、相手の二の腕を突こうとしていた動きを止めた。そのまま攻めれば、内懐《うちぶところ》に飛び込まれると考えたからだ。

狭い船上でそれをされると、こちらは身動きが取れなくなる。

とはいえ攻撃の手を緩めることはできない。体を斜めにしながら、迫ってくる刀身を払った。

迫ってきた肩と、こちらの肩がぶつかった。

それで体がすれ違った。どちらも勢いがついていたが、そのまま駆け抜けることはできない。

同時に振り向いて、ここで初めて構え合った。

堂々とした構えだ。安定した腰と足のさばきで、船の揺れを吸収していた。体つきから、日下部だと察した。日下部は、馬庭念流免許の腕前だ。

「その方《ほう》、日下部だな。恥を知れ。武士《もののふ》にあるまじきことを、なしているのだぞ」

正紀は声に出した。攻められれば、いつでも対応できる体勢はできていた。

相手はその言葉に、ごくわずかだが反応した。切っ先が微かに揺れたのが分かった。

言い返すことはない。

「たあっ」

次の瞬間には、踏み出していた。

こちらの喉首を突こうとする一撃だった。溢れる殺意といったものがあった。

正紀はその一撃を払おうとしたが、相手の刀身には力がこもっていた。刀身がぶつかった後で、がりがりと鎬《しのぎ》が擦《こす》れ合った。

直後、相手の刀身がすっと引かれた。予想外の動きだったので、正紀の体の均衡《きんこう》がわずかに崩れた。

そこへ振りかぶられた一撃が、こちらの肩先に迫ってきた。

正紀は足を踏ん張りながら、刀身を下から撥ね上げようとした。しかしうまくいかず、またしても刀身が擦れ合った。

ただこのとき、正紀の体は、相手の内懐に飛び込む形になっていた。

「やっ」

斜め前に出た正紀は、一気に小手を狙う動きに出た。

相手はそれを嫌がって避けようとしたが、肘《ひじ》が前に出ていた。正紀は切っ先の角度を変えて、そこを突いた。

「うわっ」

呻き声と同時に、切っ先から骨を砕く手応えが伝わってきた。相手の刀が闇の中に飛んで、見えなくなった。

ぐらつく敵の体を、正紀は押さえつけた。顔に巻かれた布を剝《は》ぎ取ると、やはり相手は日下部だった。苦痛で顔を歪めている。

船底にあった縄で、縛り上げた。

「うわあっ」

すぐ近くからも声が上がった。慌てて目をやった。源之助が、相手にしていた侍の肩を斬ったのだった。

戦っていたのは分かっていたが、目を向けるゆとりはなかった。源之助の無事を確認して安堵した。

源之助の剣の腕は確かだが、相手は強敵だったようだ。

さらに船上を見回すと、船首に近いあたりで、艪を手にした植村がもう一人の侍と向かい合っていた。怒りの形相《ぎょうそう》だ。植村の相手も刀を構えた姿を見る限り、それなりの腕の持ち主だと窺《うかが》えた。

植村も軽々《けいけい》には攻められないが、必死で踏ん張っているのが見えた。

ここで相手の侍が、植村の腹を突こうとした。素早い身ごなしだった。植村は応じようとしたが、わずかに動きが遅くなった。

正紀は咄嗟《とっさ》に前に出て、その刀身を撥ね上げた。そしてすぐに身を引いた。

相手は思いがけない攻撃で、大きく体をぐらつかせた。その下腹に、植村の艪の先が突き込まれた。

好機を逃さない、迅速な動きだった。

「うえっ」

怪力の植村の一撃である。まともに受けた侍は、前のめりになって船底に転がった。

残るは次作だった。三人の侍が倒されたことを知って、川に飛び込もうとしていた。荷船から逃げ出す腹だ。

近くにいたのは、植村だった。

「そうはさせぬ」

艪の先で、船端に手をかけていた次作の右の二の腕を打った。骨の砕ける音がした。

「ひっ」

そのまま船底に、体が崩れ落ちた。もう立ち上がることはできない。痛みにもがくばかりだった。

日下部の他の、倒した二人の侍の顔に巻かれた布を剝ぎ取った。源之助と対峙した侍が梶谷で、もう一人は浜松藩の浦川派の藩士だった。

船頭の仁八郎と二人の水主は、船尾と船首で身を硬くし、顔を強張らせていた。

「案ずるな。こやつらは、我らからこの荷を奪った者たちだ」

正紀は告げた。

「お、おれたちは、何も知らねえ」

仁八郎は、震える声で答えた。目の前であった斬撃のせいか、体も小刻みに震えている。

「分かっておる。次作から古河へ運ぶように、頼まれただけであろう」

「へえ」

荷船に同道するのは、次作だけの予定だった。ところが刀を抜いた三人の侍が現れて、荷運びをした後、荷船に乗り込んできた。

暗がりだったし、気にも留めていなかったから、その侍たちが顔に布を巻いていたことには、船を出してから気がついた。

「刀で脅されたから、船を進めるしかなかった」

仁八郎は話した。

「荷船はこのまま進めて、中川に出てもらおう」

「へえ」

荷船は再び動き出した。正紀らが乗ってきた小舟は、縄で繋いだまま引いて行く。

中川に出たところで、東の岸辺を下った。

御番所のあるところから小名木川に入って、待機していた正広や繁松と合流した。

「おお、荷は無事でござったか」

正広が安堵の声を上げた。

正紀は、ここまでの詳細を伝えた。

「かたじけない。どのようなことになったか、気が気ではござらなんだ」

正広の言葉に、繁松が頷いた。

「では早速」

繁松は待っていた荷船で竪川へ向かう。新辻橋の納屋で、扶持米を確かめる。錠前の鍵は、次作から奪い取っていた。

藩士を下屋敷から呼んで、今夜中に運び出す。正紀が乗ってきた荷船には、正広がが乗り込んで、緑苑を下妻藩の猿江の下屋敷へ運ぶことになった。正広日下部ともう一人の藩士は繁松が、梶谷は正広がそれぞれの屋敷へ引き連れてゆく。取り調べと処罰は藩で行われる。

「扶持米と緑苑を奪ったのは、その方ら今夜の四人だな」

正紀は梶谷に確かめた。梶谷は無念そうに頷きを返した。他にさらに四人いた。それらの名を言わせた。

「これでけりがつきましたね」

源之助が言った。植村が頷いた。荷が奪われてからこの方、心穏やかならざる日々を過ごしてきたはずの植村も、ようやく肩の荷を下ろした様子だった。

「そうだな」

これで腹を切らせずに済む。救われた気持ちだった。

「屋敷に戻ろうぞ」

正紀ら三人は、小舟に乗り移った。

屋敷に戻った正紀は、まず佐名木に荷を取り返した顚末を伝えた。

「これで藩内、そして井上一門が落ち着きますな」

聞き終えた佐名木は言った。佐名木にとっては、これが一番の気がかりだったのだろう。これで浦川派が壊滅《かいめつ》するとは思えないが、大きな打撃になったことは間違いない。

寝ずに帰りを待っていた京にも、奪われた荷を取り返すまでの詳細を伝えた。

「植村は、腹を切らずに済むわけですね」

「そういうことだ」

「喜世は安堵することでございましょう」

ほっとした面持ちだ。

「案じたのであろうな」

「万一ということは、あるやもしれませぬので」

取り返せると信じてはいても、相手も命懸けなのは分かっていた。

「正広さまも、胸を撫で下ろしていることでございましょう」

「うむ。緑苑を奪われたままでは、これからの政《まつりごと》がやりにくい」

「茶を扱うことが、藩の財政に役立つならば、何よりでございます」

京にとって正広は、幼馴染だ。孝姫と清三郎の穏やかな寝顔を見て、正紀は一件の解決を実感した。

深夜になって、繁松の使いが駆けつけてきた。扶持米百四十俵が、小名木川河岸の浜松藩中屋敷に運ばれたことを、正紀に伝えてきたのである。

新辻橋の納屋前で源之助が斬り捨てた侍は、下妻藩の正棠派の藩士だった。

六

荷を取り返すことができ、奪った者を取り押さえることができた。とはいえこの件は、公《おおやけ》にできるものではなかった。

飯山と末野が現場へ来られなかったわけも知った。責めるつもりはなかった。二人も精いっぱいのことをしたのである。

正紀は力を貸してくれた山野辺に、事の顚末を伝えたが、それ以上の問題にはしなかった。

福地屋の処分も、藩の出来事なので公にはできない。ただ次作は、右腕を二度と使えない体になった。算盤を弾《はじ》くこともできない。

緑苑は、他の茶問屋へ卸して売らせることになる。福地屋は、浜松藩および下妻藩出入りの看板を外されることになった。緑苑を仕入れられなくなって、売買の約定を交わしていた小売りからの信用は失墜《しっつい》した。

「何でも、お大名様の荷を、奪い取るような真似をしたらしいよ」

次の日には、福地屋についてそんな噂が広まった。その噂を流したのは、下妻藩の飯山だと、正紀は後になって聞いた。飯山も、腹に据えかねていたのだ。そのままにはできない気持ちだったのだろう。

顧客に茶を卸せなくなったという事実があったし、番頭の次作が大怪我をしていた。どうしたと問われても、何も答えることができない。

噂は真実味を持って語られた。出入りする小売りの数が激減した模様だった。

荷を奪い返したその四日後、正森が高岡藩上屋敷へ正紀を訪ねて来た。いつものように、精気に溢れた表情だ。

「扶持米と緑苑を取り戻せたのは、何よりであった」

にこりともしないが、正紀へのねぎらいの言葉にはなっていた。

「下妻の正棠のところへも、報は届いているであろう」

「さようで」

「あやつ、地団駄《じだんだ》を踏んで悔しがっているのではないか。いい気味だぞ」

この点では、さも愉快そうに正森は口にした。浦川と正棠の企みは、頓挫《とんざ》したのである。

「しかし二人は、この度の悪巧《わるだく》みに加担したことは認めないでしょう」

「それはそうだ。下妻藩の竹内とて同じだ」

「捕らえられた梶谷ともう一人の藩士は、自らの犯行は認めても、竹内の関与を認めなかったようです」

新辻橋の納屋前で源之助が斬り捨てた下妻藩士は重傷を負ったが、命は取り留めたとか。

これは正紀が正広から伝えられていた。

はっきりしたことについては、睦群を通して宗睦にも知らせている。

「仕方があるまい。梶谷らは己が腹を切ることで、我が家を守ったのであろう」

減俸《げんぽう》になっても、廃絶さえ免《まぬが》れれば家名は残る。

「そうですね」

「しかし正広は、竹内の江戸家老職を解くそうではないか」

正森はどこで耳にしたのか、よく知っていた。竹内は無役となる。

「はい。そうなれば、何もできませぬ」

「竹内の次男の、浜松藩上士の家への婿入り話だが、破談になるぞ」

「当然でございましょう」

浦川も、それどころではないだろう。

「繁松も、中老職を解かれることはなかった」

「何よりのことで」

「浦川としては、悔しいことであろう」

「まことに」

藩政をなしてゆくにあたって、思い通りにできなくなる。腹心が悪事をなしたことは、浦川の藩内での立場を悪くした。

奪ったのが藩士の扶持米だったのは、極めて印象が悪かった。

「浦川の手先として動いた者らも、腹を切らされたようだな」

「はい。しかし日下部やもう一人の捕らえられた者は、浦川の関与を認めませんでした」

「まあ、そうなるであろうな」

仕方がないといった顔だ。正森は続けた。

「井上一門の騒乱は、まずは収まった。しかしまだ根は残っておる」

浦川や正棠が、再度何かを企むかもしれない。

「さようでございますな」

手放しでは喜べなかった。

「此度《こたび》の件には、老中の信明も口を出したそうだな」

「定信様もご存じの話だと存じます」

「それは、尾張との絡みであろうがな」

正森は正紀に、わずかに醒《さ》めた眼差しを向けてから続けた。

「わしには、定信と尾張のことなどどうでもよい」

「………」

「井上一門が、盤石の結束をもって政《まつりごと》ができればいいと願っている」

「ははっ」

それは分かっていた。正森は、井上家の血を引き継いだ者だ。

「正甫はまだ未熟だ。分家のその方や正広が支えていかなくてはなるまい」

「心して」

入り婿であっても、井上家を守り、盛り立てていく覚悟はあった。言うだけのことを口にすると、正森は引き上げていった。

事件解決以降、植村への風当たりはすっかり弱まったらしかった。本人は何も言わないが、源之助から正紀は話を聞いていた。

夕刻正紀は、藩士に気づかれぬように御長屋へ足を向けた。植村と喜世の暮らしぶりを覗いてみようと考えたのである。

長屋の戸が開いていて、見ているると植村の声が聞こえた。そして喜世と共に外へ出てきた。二人は何やら話しながら笑い合っている。

「ならばよし」

それで正紀は、御長屋から離れた。

本作品は書き下ろしです。

双葉文庫

ち-01-61

おれは一万石《いちまんごく》

銘茶《めいちゃ》の行方《ゆくえ》

2024年3月16日　第1刷発行

【著者】
千野隆司《ちのたかし》

【発行者】
箕浦克史
【発行所】
株式会社双葉社
〒162-8540 東京都新宿区東五軒町3番28号
［電話］03-5261-4818（営業部）　03-5261-4868（編集部）
www.futabasha.co.jp（双葉社の書籍・コミックが買えます）
【印刷所】
大日本印刷株式会社
【製本所】
大日本印刷株式会社
【カバー印刷】
株式会社久栄社
【DTP】
株式会社ビーワークス
【フォーマット・デザイン】
日下潤一

ISBN978-4-575-67193-3 C0193
Printed in Japan